14,80

6,-

ECON Unterhaltung

Getigerte und schwarze Katzen, kratzbürstige und scheue – Anna-Maria Radke liebt sie alle. Ob im Elternhaus in Berlin, bei ihren Engagements als Schauspielerin an westdeutschen Bühnen oder ihrer Arbeit als Journalistin in Kanada und Deutschland: Die geliebten Vierpföter sind in jeder Lebensstation an ihrer Seite. Anna-Maria Radke schildert ihre amüsanten und unterhaltsamen Erlebnisse während dieser Zeit des Zusammenlebens. Bärchen, Blanco, Winnie und die anderen Katzen werden in ihren Texten wieder lebendig. Ihre Episoden zeigen die Katzen und Kater als libenswerte Zeitgenossen, die trotz ihrer Anhänglichkeit stets ihre Eigenständigkeit wahren.

Anna-Maria Radke wuchs in der Mark Brandenburg auf und führte zunächst ein abwechslungsreiches Leben als Schauspielerin, später als Journalistin. Die Autorin veröffentlichte bereits zahlreiche Katzenartikel in Zeitschriften, sowie zwei Katzenbücher.

Anna-Maria Radke

Ins Herz geschlichen

Die Katzen meines Lebens

ECON Taschenbuch Verlag

Veröffentlicht im ECON Taschenbuch Verlag
Lizenzausgabe
Der ECON Taschenbuch Verlag
ist ein Unternehmen
der ECON & List Verlagsgesellschaft
© 1997 by ECON Verlag GmbH,
Düsseldorf und München
© 1995 by Langen Müller in der F.A. Herbig
Verlagsbuchhandlung GmbH, München
Umschlaggestaltung: Init GmbH, Bielefeld
Titelabbildung: Tony Stone, Hamburg
Druck und Bindearbeiten: Ebner Ulm
Printed in Germany
ISBN 3-612-27222-5

Inhalt

Vorwort

Wo immer sie sich jetzt befinden mögen, die Katzen meines Lebens, ob sie über die Milchstraße bummeln, von Stern zu Stern springen, auf Wolken sitzen: Keine ist vergessen, jede hat ihren festen Platz in der Erinnerung. Und so ist die Zeit mit jeder, die immer auch ein Stück der eigenen Biographie war, allzeit abrufbar.

Eine kleine Beschwörung in Form eines Namens genügt – schon setzt sich in Sekundenschnelle aus Tausenden von Einzelheiten das Bild eines Zeitabschnitts zusammen, durch den eine Katze schlendert, »als wär's ein Stück von mir«.

Die Lebensverhältnisse wechselten, es wechselten Landschaften, Städte, Berufe, Katzen aber waren meist dabei. Sie nun in Gedanken zurückzurufen heißt: Sie auferstehen zu lassen – in der ganzen Gegensätzlichkeit ihrer Charaktere und Lebensumstände . . .

In Deutschland

Bärchen – der flüchtige Anfang

Es war ein Kindertraum, die eigene Katze. Nicht in den ersten Lebensjahren in einer großen Berliner Mietwohnung, in der es einmal eine gegeben hatte, vor meiner Geburt, aber nachdem wir aufs Land gezogen waren, 1940, der Zweite Weltkrieg war ein halbes Jahr alt und ich ging in mein siebentes.

Ich hatte Tiere von frühen Tagen an geliebt: Die Spatzen, die sich von den Fensterbrettern die hingestreuten Krümel holten, das große braune Pferd des Milchwagenkutschers, das von meiner Mutter jeden Morgen Zucker bekam, den wuscheligen Hund der Hauswirtin, der uns schwanzwedelnd begrüßte, wenn wir ihn auf der Treppe im Haus trafen. Am stärksten aber fühlte ich mich zu Katzen hingezogen, die ich hinter Fensterscheiben entdeckte, reglose kleine Sphinxe, die aufmerksam ins Treiben großstädtischer Straßen blickten.

Doch solange wir in Berlin lebten, blieb die Zuneigung zu Katzen aus Mangel an Nähe abstrakt. Konkret wurde sie erst in Buckow, als mir auf dem Weg zur Schule eine entgegen bummelte. Sie war schwarz, hatte gelbe Augen und fühlte sich an wie Seidenplüsch. Ich kauerte mich auf die Erde, streichelte sie, sprach, spielte mit ihr, kam eine halbe Stunde zu spät zum Unterricht und erhielt einen Tadel, der mich nicht interessierte. Ich hatte gerade die aufregende Erfahrung gemacht, daß ein Bild aus seinem Rahmen gestiegen, »faßbar« geworden war.

Was mich zu Katzen hinzog, waren ihre Schönheit, ihre Zärtlichkeit, ihre Lautlosigkeit – aber auch ihr Eigenwille. Ich fand rasch heraus, daß sie nicht zu folgen, nicht zu gehorchen brauchten, daß jedermann ihnen eine gewisse Selbstbestimmung zugestand. Das überraschte mich, machte die Katze in meiner Vorstellung zu einer Gefährtin besonderer Art.

Im Frühjar 1940 bekam ich sie dann endlich, meine erste eigene. Sie war weißbraun gestromt, ein paar Monate alt, und ich nannte sie Bärchen.

Sie war nicht so übermütig, wie Katzen es in diesem Alter sein sollten, sie war leise, bewegte sich unauffällig, nahm die Wohnung nur zögernd in Besitz; sie schien abzutasten, welche Wege erlaubt, welche verboten waren, schien sich als Gast zu fühlen, wo ihr Heimatrecht eingeräumt worden war. Auch entfernte sie sich niemals weit vom Haus, das in einem parkähnlichen Garten lag, an einem See, umgeben von Wald, Kiefernwald, märkisch karge, »preußische« Landschaft.

Woher Bärchen kam, weiß ich heute nicht mehr. Vermutlich hatte sie mein Vater, der in Berlin arbeitete und nur an den Wochenenden zu uns kommen konnte, unterwegs irgendwo aufgetrieben, weil er meiner ständigen Quengelei nach einer eigenen Katze müde war und weil er es vielleicht auch satt hatte, bei Spaziergängen immer wieder auf eine Tochter warten zu müssen, die eine Katze entdeckt und darüber alles andere vergessen hatte.

Ich war wunschlos glücklich, wanderte mit Bärchen am Seeufer entlang, holte Bärchen zu mir, wenn ich Schularbeiten machte, und selbst der Zimmerarrest, der ab und zu wegen irgendwelcher kindlicher Untaten anfiel, hatte seine Schrecken verloren, weil Bärchen ihn mit mir teilte.

Bärchen wuchs langsam, blieb zierlich, blieb leise und unauffällig. An warmen Sommertagen ruhte sie auf ihrer kleinen Decke im Gras vor dem Haus, Schmetterlinge umgaukelten sie, Bienen summten um sie herum, Vögel ließen sich in ihrer Nähe nieder oder flogen dicht über sie hinweg; aber niemals sah ich sie eine Pfote heben, um irgendein Lebewesen zu erhaschen, niemals sah ich sie vor einem Mauseloch sitzen, niemals nach einer Eidechse greifen. Sie glich einer Pflanze mehr als einem Tier. Ich liebte sie zärtlich und ging mit ihr um wie mit einer zerbrechlichen Kostbarkeit.

Als der Herbst anbrach, stellte Bärchen ihre Spaziergänge fast ganz ein. Am häufigsten hielt sie sich in meinem Zimmer auf, ab und zu ließ sie sich auch zum Spielen bewegen, am liebsten aber lag sie auf meinem Schoß, schnurrte fast unhörbar, und ich bewegte mich nicht, damit sie blieb.

Im Winter verließ sie die Wohnung überhaupt nicht mehr. Meist saß sie am Fenster und blickte in die wirbelnden Schneeflocken, ohne erkennbares Interesse, ohne Neugier, in sich versunken und immer ein wenig fern. Manchmal lief ein Schauer über ihr Fell, ständig suchte sie Wärme, und je weiter der Winter fortschritt, um so mehr schien sie sich in sich selbst zurückzuziehen.

Der Tierarzt, dem sie schließlich vorgeführt wurde, untersuchte sie gründlich und meinte dann ratlos: Organisch fehle ihr nichts; vielleicht sei sie einfach »dekadent«.

Ich hoffte auf den Frühling, doch er brachte keine wesentliche Veränderung. Zwar setzte Bärchen ihre Pfötchen hin und wieder vor die Tür, kam auch mit mir hinaus, wenn ich sie darum bat, kehrte aber bald wieder um, ging ins Haus zurück, in mein Zimmer, sprang aufs Bett, rollte sich zusammen und schlief ein.

Meine Mutter schüttelte den Kopf, mein Vater zuckte die Achseln, ich verteidigte meine Katze, ihr stilles Eigenleben. Oft setzte ich mich neben sie, strich behutsam über den seidigen Rücken, freute mich, wenn sich die hellblauen Augen öffneten, sie mich ansah, das rechte Pfötchen in meine Hand legte. Ich war für jede Geste ihrer Zuneigung dankbar.

Der Frühling ging in den Sommer über, die Natur blühte auf, vervielfältigte sich. Doch kein maunzender Kater im Garten hatte Bärchen verlocken können, hinauszukommen, keine piepsenden Jungvögel, keine herumhuschenden Mäuse konnten sie zur Jagd animieren. Sie war in ihrer geheimnisvollen inneren Welt geblieben, einer Welt, zu der niemand von uns Zugang hatte.

An einem Spätsommerabend, als ich vom Spielen heimgekehrt in mein Zimmer lief, erhitzt, in Gedanken noch bei den Erlebnissen des Nachmittags, lag Bärchen wie immer auf meinem Bett und sah aus, als ob sie schliefe – nur war eine winzige Veränderung mit ihr vorgegangen: sie hatte sich davongestohlen, ohne Aufheben, ohne Abschied. Ich stand zum ersten Mal in meinem Leben der Unwiderruflichkeit des Todes gegenüber. Weinte, war fassungslos.

Meine Mutter tröstete mich, sagte, daß es für Bärchen so besser wäre, daß sie nicht glücklich gewesen sei, daß es ihr nun gut ginge. Ich dachte an andere Katzen, die ich kannte, fröhliche, verspielte Tiere, voller Einfälle und Tatendrang und würgte an dem Schmerz, daß meine ersehnte, geliebte Katze eine Geisterprinzessin gewesen war, die nicht hatte bei mir bleiben wollen.

Meine Mutter brachte mir eine Kiste, ich polsterte sie mit einer kleinen Decke aus, bettete Bärchen hinein, stellte die Kiste auf den Tisch, starrte die Katze an, streichelte immer wieder das schön gezeichnete Fell und begriff nicht, daß sie nicht mehr da war, obwohl ich sie doch fühlen konnte.

Zwei Stunden später kam mein Vater nach Hause, trat zu mir ins Zimmer, strich mir übers Haar, sprach liebevolle Worte, sah auf die Katze, deckte die Kiste zu, nahm sie, ergriff mich bei der Hand und sagte: »Komm, wir gehen sie begraben, ich weiß auch schon wo.«

Er führte mich zum schönsten Platz im Park, einer Wiese mit Margeriten, die niemals gemäht wurde und in deren Mitte ein wilder Birnbaum wuchs. Unter dem Baum hob mein Vater das kleine Grab aus, wir stellten die Kiste hinein, ich schaufelte zu, mein Vater versprach: »Morgen lege ich eine Decke aus Moos darüber, und einen kleinen Stein mit ihrem Namen bekommt sie auch.« Ich nickte. So mußte es sein.

Von nun an ging ich täglich zu der kleinen Grabstätte, traurig, verstört und jeden Gedanken an eine neue Katze heftig von mir weisend. Meine Katze lag in der Erde, ich mußte ihr die Treue halten.

Die Eltern ließen mich trauern, wissend, daß Wunden nicht nur bei Erwachsenen Zeit brauchen, um zu heilen – und vielleicht auch deshalb hat sich die Episode mit Bärchen so tief eingeprägt: der melancholische Zauber ihrer flüchtigen Existenz, ihre sanfte Lebensabwehr, ihr stilles Verlöschen ...

Lola – das dramatische Leben

Leise war Bärchen gekommen und gegangen, dramatisch vollzog sich Lolas Auftritt an einem stürmischen Nachmittag im April 1942.

Mein Vater rief mich, zog aus der rechten Manteltasche ein fauchendes Bündel und drückte es mir in die Hände. Das Bündel biß kräftig zu, vor Schreck ließ ich los, die kleine Tigerin fiel auf den Teppich, galoppierte zur offenen Tür und in den Garten hinaus, ich rannte hinterher, sie verschwand im Gestrüpp.

Ich kroch an den Büschen herum, entdeckte die Katze, griff zu; sie fauchte und fuhr die Krällchen aus. Ich hielt sie trotz ihres Sträubens und Zappelns fest, brachte sie in die Wohnung zurück, sie sauste unter die Couch, und wir atmeten auf: »Na, das kann ja noch was werden«, bemerkte mein Vater trocken, »sie ist gerade elf Wochen alt.«

Doch nachdem Lola eindrucksvoll demonstriert hatte, wieviel Vitalität und Courage in ihr steckten, stellte sie genauso schnell ihre Intelligenz unter Beweis: Schon nach zwei Tagen hatte sie begriffen, daß ihr niemand an den Kragen wollte – und »entfaltete« sich. Sie tollte in der Wohnung herum, erkletterte oder ersprang jedes Möbelstück, schaukelte an den Gardinen, hängte sich an unsere Rocksäume und erstürmte mit temperamentvoller Zärtlichkeit unsere Herzen.

Stück für Stück erforschte sie den Park, ging täglich ein wenig weiter, machte Jagd auf alles, was sich bewegte, von der Fliege über Grashüpfer bis zu Mäusen. Alle paar Stunden aber fand sie sich wieder ein – vergnügt, hungrig und sehr »gesprächig«!

Sie konnte sich frei bewegen, hatte ungehinderten Zugang zu allen Räumen und in den Park, weil einige Fenster der ebenerdigen Wohnung in den warmen Jahreszeiten ständig offenstanden. Ihren leichten Aufsprung in einem der Zimmer habe ich noch Jahre nach ihrem Tod gehört . . .

Sie wuchs in einen leuchtenden Sommer hinein, streckte sich, die Augen nahmen ein tiefes Grün an, scharf markierte schwarze Streifen durchzogen das helle Braun ihres Fells. Von allen Tigerkatzen, die mir im Laufe meines Lebens begegnet sind, war sie in jeder Hinsicht die tigerartigste.

Elegant, lautlos, geschmeidig glitt sie durch die Räume; draußen bewegte sie sich mit konzentrierter Aufmerksamkeit. Nicht die kleinste

Veränderung in ihren Lebensräumen entging ihr, weder umgestellte Möbel noch Wandlungen in der Natur, wie beispielsweise das Ausfliegen von Jungvögeln. Sie beobachtete scharf, registrierte alles.

Um die Vögel vor ihr zu schützen, hatte ihr meine Mutter ein Lederhalsband mit Glöckchen umgebunden; auf die Innenseite hatte sie unseren Namen und die Telefonnummer einstanzen lassen. Doch Lola wußte binnen kürzester Zeit, wie sie sich bewegen mußte, damit die Glocke nicht anschlug. Allerdings sahen wir sie nur selten einen Vogel belauern, und gefangen hat sie unseres Wissens nur einen, eine Amsel, die sie mit nach Hause brachte. Der Vogel schien unverletzt, meine Mutter warf ihn in die Luft, er flog davon. Lola aber nahm diesen Eingriff in ihre Persönlichkeitsrechte übel. Sie kehrte uns beleidigt den Rücken, verließ die Wohnung und blieb in den nächsten Stunden unsichtbar.

Für die vielen Mäuse hingegen, die wir auf dem Grundstück hatten, brachen harte Zeiten an. Lolas tägliche Fangquote betrug an die sechs bis sieben, die sie, wenn keiner von uns zu Hause war, in der Küche oder vor meinem Bett aufreihte. Manchmal saß sie bei unserer Heimkehr schnurrend neben einer solchen Mäuseformation. Sie wurde dann ausgiebig gelobt, die Mäuse wurden fortgeschafft, die Katze entschwand zu neuen Taten.

Glücklicherweise brachte sie ihre Mäuse niemals lebendig heim – mit einer Ausnahme. Als meine Mutter und ich von einem Spaziergang zurückkehrten und ins Wohnzimmer traten, entdeckten wir mitten in der großen weißen Pfingstrose auf dem niedrigen Rauchtisch eine kleine graue Maus. Sie kauerte bewegungslos in der geöffneten Blume, vor der suchend umhertigernden Katze relativ sicher.

Doch während wir noch überlegten, wie wir die Maus retten könnten, hatte Lola sie erspäht, war in der Schnelle eines Gedankens auf den Tisch gesprungen und hatte sie gepackt. Nur dieses eine Mal, erinnere ich mich, war meine Mutter auf ihre geliebte Katze böse, lobte sie nicht, streichelte sie nicht, sagte nur »Geh raus«, was Lola sichtlich verwirrte. Wie sollte sie auch mit einem derartigen menschlichen Irrationalismus zurechtkommen.

Zu jener Zeit war die Natur noch weitgehend intakt, tummelten sich im Garten Schlangen, Frösche, Kröten, Eidechsen und weiteres Kleingetier – für eine Katze ein Eldorado. Sie fing Heuschrecken, belauerte Kröten, verfolgte Frösche. Den meisten Spaß aber schien ihr das Spiel mit Schlangen zu machen. So sah ich sie öfter einer Ringelnatter nachgehen und sie am Schwanz antippen. Wandte die Schlange den Kopf, wich die Katze zurück, schlängelte sie sich weiter, tippte sie sie von neuem an.

Bei Eidechsen hingegen griff Lola sofort zu – erwischte sie aber meist am Schwanz, der bei »Feindberührung« bekanntlich abfällt, und ehe ihr klar wurde, was geschehen war, hatte sich das kleine Reptil in Sicherheit gebracht.

Später stellte sie sich schlauer an, indem sie jede Echse in der Mitte des Körpers packte und sie in die Wohnung brachte – vermutlich, um sie am Entlaufen zu hindern. Doch war diese Methode nicht sehr erfolgreich: Die Echsen entkamen ihr immer. Lag sie vor irgendeinem Möbelstück und blickte konzentriert auf einen bestimmten Punkt, wußten wir, daß dort nur eine Eidechse sitzen konnte. Die Katze wurde dann ins Nebenzimmer gesperrt, das Reptil hervorgewedelt und in den Garten zurückbugsiert.

Eine andere negative Erfahrung brachte ihr ein Maulwurf bei. Lola hatte sich – wie wir aus dem Fenster sehen konnten – vor dem größten Maulwurfshügel auf der Wiese am See postiert, aus dem hin und wieder Erde flog. Sie ins Gesicht zu bekommen, war ihr sichtlich unangenehm: Jedesmal machte sie einen Seitensatz, ging gleich darauf aber wieder näher.

Nach etwa einer Stunde saß sie noch immer an derselben Stelle, wahrscheinlich in der Hoffnung, daß der unterirdische Arbeiter endlich zum Vorschein kommen und ihr in den Rachen laufen würde. Doch der schoß plötzlich mit einer solchen Vehemenz an die Oberfläche, daß sie einen Rückwärtssalto machte, während der Maulwurf wieder abtauchte. Daraufhin schien sie von der Sache genug zu haben.

Vorsichtig blickte sie sich um, dann hoch – wir traten vom Fenster zurück, damit sie ihr Gesicht wahren konnte –, sie schlenderte davon. Wir haben sie niemals wieder vor einem Maulwurfshügel sitzen sehen. Katzen mögen keine Niederlagen.

Unter all dem Getier, das uns umgab, waren uns nur die Wasserratten unsympathisch. Sie lebten am Fluß, der den Park durchzog und die hinteren Gefilde mit Geräteschuppen, Gemüsegarten und Hühnerställen von den breiten Wegen, Wiesen und Blumenbeeten des vorderen Teiles trennte. Auf der Brücke stehend sah ich sie häufig ins Wasser und an anderer Stelle wieder an Land gehen. Furcht aber stellte sich bei mir erst ein, als ich, eines Nachmittags im Gras über einem Buch eingeschlafen, von einer Berührung erwachte: Eine Ratte lief mir über die nackten Beine, zwei andere beäugten mich aus geringer Entfernung.

Lola hatte die Ratten frühzeitig entdeckt, war hin und wieder in der Nähe des Flusses herumgeschlichen und hatte sie beobachtet. Sie war jedoch klug genug gewesen, sich in sicherer Entfernung zu halten. Das änderte sich, als sie erwachsen war.

Zunehmend häufiger sah ich sie an den Büschen beim Fluß – und das beunruhigte mich. Sie war zwar – obwohl grazil – sehnig und muskulös, schien mir aber gegen die großen wehrhaften Tiere keine Chance zu haben. Deshalb versuchte ich immer, sie dort wegzulocken, indem ich sie rief und ihr zuredete, mit mir mitzukommen – jedesmal vergeblich. Sie zeigte sich über mein Auftauchen erfreut, umschmeichelte mich, »sprach«; doch sie ließ mich allein gehen; und wenn ich, schon entfernt, noch einmal zurücksah, war sie verschwunden.

Eines Sonntags hatte sie es dann geschafft: Ich erblickte sie morgens gegen elf Uhr auf dem Mittelweg des Parkes. Sie kam nur mühsam voran, weil sie eine Ratte mit sich schleifte – größer als sie selbst.

Wie hart der Kampf, wie schwer der Sieg gewesen sein mußte, davon legten die tiefe Wunde am Hals der Katze und die blutende rechte Pfote Zeugnis ab. Mein Vater schaffte die Ratte weg, meine Mutter verarztete Lola, und ich war zwischen Stolz auf ihre Superleistung, Sorge wegen ihrer Verletzungen und Widerwillen vor der toten Ratte hin- und hergerissen.

Später hat sie dann noch zweimal Ratten gefangen; danach schienen sich die Nager nach einem gastfreundlicheren Lebensraum umgesehen zu haben. Mir jedenfalls ist keine mehr über die Beine oder über den Weg gelaufen.

Lebhaft interessiert zeigte sich Lola auch an Fischen. Sobald ich mein Angelzeug holte, um für meinen Vater zum Abendessen am Wochenende ein paar Plötzen zu fangen, fand sie sich ein, begleitete mich zum Bootssteg, sprang auf die Bank und sah mir zu. Hatte ich den ersten Fisch vom Haken gelöst und in den mit Wasser gefüllten Eimer geworfen, stand sie an dem Eimer hoch, langte mit der Pfote hinein, versuchte, den Fisch zu greifen. Manchmal sah ich sie auch allein angeln, unten am See, wo das Wasser seicht war. Doch außer Stichlingen hielt sich dort nichts auf, und die waren zu schnell für sie.

In ihrem ersten Winter machte sie eine neue Erfahrung: mit Schneeflocken. Als es zu schneien begann, starrte sie verblüfft in das weiße Gewirbel; dann ging sie zur Tür, trat vorsichtig hinaus, schüttelte die Pfoten, kam herein, ging wieder hinaus, haschte nach den Flocken, vergaß die Nässe und tobte schließlich übermütig herum.

Zu den Mitgliedern der Familie entwickelte sie unterschiedliche Beziehungen. Ihr Lieblingsmensch war meine Mutter, die sie oft fast bis ins

Städtchen hinein oder durch den Wald in den Nachbarort begleitete. Zu meinem Vater hielt sie Distanz – und bewies damit ihren guten Instinkt: Er hatte für Pferde und Hunde mehr übrig als für die allzu eigenwilligen Katzen. Mich schien sie als »Mitkatze« zu betrachten. Wir räuberten gemeinsam in der Speisekammer, Spielaufforderungen galten am häufigsten mir; war ich im Park oder unten am See, erschien sie, um zu sehen, was ich tat.

Auch in den Höhlen, die ich mir in dichtem Gesträuch auf dem weitläufigen Gelände angelegt hatte, um ungestört zu lesen oder mich Träumereien hinzugeben, stöberte sie mich auf. Lautlos war sie unvermittelt neben mir, stieß mich mit dem Kopf an, ließ sich bei mir nieder, schnurrte. Manches Mal blieb sie für Stunden. Gelegentlich kletterten wir auch gemeinsam auf Bäume, ich vorneweg, sie hinter mir drein, und saßen dann einträchtig auf einem dicken Ast, die Welt von oben betrachtend.

Mit dem Zeitgefühl, das bei Haustieren, die unter Menschen leben, besonders ausgeprägt ist, wußte Lola auch genau, wann ich aus der Schule kam und erwartete mich am Ende der langen Promenade, die zu unserem Grundstück führte.

Schon wenn sie mich von weitem sah, lief sie mir entgegen; trafen wir aufeinander, nahm ich sie hoch, schmuste ausgiebig mit ihr, sie schnurrte, ich setzte sie hinunter, und zusammen zogen wir gemächlich nach Hause.

Doch so anhänglich und vertrauensvoll sie innerhalb der Familie war: Fremden gegenüber blieb sie mißtrauisch, ließ sich nicht streicheln, wich aus; aber sie machte Unterschiede. Manche Leute konnten dicht an sie herankommen, ohne daß sie weglief, anderen ging sie von vornherein aus dem Weg, und eine meiner Spielkameradinnen, die ich nicht besonders mochte, brachte sie ein paarmal zu Fall, indem sie ihr so gezielt zwischen die Beine lief, daß Ursula hinfiel.

Besuchte meine Mutter unsere Nachbarn zur Rechten, schloß Lola sich ihr an, ging mit hinein, ließ den Dackel der Nachbarn, dem Katzen gleichgültig waren, links liegen, sprang im Wohnzimmer auf den Schrank oder auf eines der Bücherregale und ließ sich dort nieder, bis meine Mutter aufbrach. In unserer näheren Umgebung hatte sich ein jeder sehr bald daran gewöhnt, daß mit meiner Mutter meist auch die Katze auftauchte.

Eines Samstags brachte mir mein Vater drei Kaninchen mit, zwei schwarze und ein braunes. Sie wurden in neuen Ställen beim Gemüsegarten untergebracht, und wann immer ich künftig mit den Schularbeiten fertig war, holte ich sie auf die Wiese vor dem Haus, damit sie sich frei bewegen und grasen konnten.

Als Lola die Stallhasen zum ersten Mal sah, blieb sie abrupt stehen, der Schwanz zuckte. Ich erklärte ihr, daß die Kaninchen nicht als Beute für sie, sondern als Familienzuwachs gedacht seien. Sie setzte sich, blickte mir aufmerksam ins Gesicht; dann erhob sie sich, ging zu den Kaninchen, beschnupperte jedes einzelne, was alle ohne Nervosität über sich ergehen ließen. Anschließend kam sie wieder zu mir und legte sich neben mich. Ich war sicher, daß sie sie auch dann nicht antasten würde, wenn sie mit ihnen allein war. Ihr Verhalten einige Tagen später aber überraschte uns.

Die Kaninchen waren auf der Wiese, Lola tigerte zwischen ihnen umher; plötzlich hoppelte das Braune in Richtung des undurchdringlichen Dickichts, das die Wiese auf einer Seite abschloß. Doch ehe es im Gestrüpp verschwinden konnte, war Lola da, hob die rechte Pfote, tippte es auf den Kopf, drängte es vom Dickicht ab, bis es wendete und zu den anderen zurückkehrte.

Von jenem Tag an konnten wir die Kaninchen ohne Aufsicht draußen lassen, denn sobald ich sie aus dem Stall geholt hatte, fand sich die Katze ein und hütete sie; auch hielt allein ihre Anwesenheit den Hund des Gärtners fern, der auf dem Grundstück frei herumlief und schon häufiger Wildkaninchen getötet hatte.

Dieser Mischling, grotesk anzusehen, war Lola von Anfang an zuwider gewesen – und wenn er zufällig einmal ihre Wege kreuzte, versetzte sie ihm im Vorübergehen meist einen Hieb, woraufhin er den Schwanz einklemmte und entschwand. Später vermied er jede Begegnung mit ihr.

Als Lola etwas über ein Jahr alt war, wurde sie trächtig. Zu dieser Zeit dachte noch niemand daran, Katzen sterilisieren bzw. kastrieren zu lassen. Das war nur bei Katern üblich. Wir hatten uns auf das bevorstehende Ereignis rechtzeitig eingestellt, nachdem wir hin und wieder zwei Kater auf unserem Grundstück erblickt und wilde Gesänge die Nächte belebt hatten.

Ein paar Tage vor der Geburt ihrer Jungen begann die Katze unruhig zu werden. Sie suchte in Schränken, Schubladen, Regalen nach einem Lager, bekam ihren Nachwuchs aber schließlich – katzentypisch – nicht in dem neuen luxuriösen Korb, der für diesen Zweck angeschafft worden war, sondern auf meinem Bett. Die Geburt verlief problemlos, die vier Jungen waren teils getigert wie die Mutter, teils schwarzweiß.

Lola präsentierte sie uns stolz, in absolutem Vertrauen, und wir waren bereit, alle vier aufzuziehen. Von ihren nachfolgenden Würfen allerdings wurde ihr nur noch jeweils ein Junges gelassen, weil sich trotz der Bemühungen meiner Eltern keine Interessenten für weitere Kätzchen finden ließen.

Schon nach dem zweiten – reduzierten – Wurf reagierte die Katze mit Vertrauensentzug, indem sie ihre Jungen nicht mehr in der Wohnung, sondern an abgelegenen versteckten Plätzen zur Welt brachte, so beispielsweise im Geräteschuppen. Mein Vater spürte sie dennoch auf, nahm eines beiseite und ließ die anderen – in meiner Abwesenheit – vom Tierarzt töten. Diese unerfreulichen Aktionen waren die einzigen Schatten, die auf das glückliche Leben der Katze fielen – und es waren kurze Schatten.

Lola war eine prachtvolle, pflichtbewußte Mutter, die kaum vom »Nest« wich. Sie nährte und wärmte die vier Kleinen, beaufsichtigte und erzog sie. Sie nahm sich keine Zeit mehr zur Jagd, wurde immer dünner, sah struppig und strapaziert aus. Um ihr Kraftfutter zu verschaffen, überredete meine Mutter den Fleischer im Ort, ein paar gute Brocken »schwarz«, also ohne Lebensmittelkarte, herauszurücken. Die wenigen Vitamintabletten, über die wir verfügten, wurden mit ihr geteilt.

Je schneller die Jungen heranwuchsen und ihr Betätigungsfeld erweiterten, desto häufiger stolperte jeder von uns über Katzen. Ich leerte den

Papierkorb aus – und schüttete eine Katze mit in den Mülleimer. Ich legte mich auf die Couch, wollte mir das Kissen unter den Kopf schieben – darunter miaute es. Meine Mutter ergriff die Einkaufstasche – eine Katze rollte sich darin; sie öffnete die Bratröhre, wandte sich ab – und entdeckte erst vor dem Anzünden des Herdes, daß eine Katze eingestiegen war. Mein Vater nahm seinen umgefallenen Stiefel auf, streifte ihn über den rechten Fuß und fühlte sich gepiekt . . .

Setzten wir die ganze Bagage ins Freie, hatte die arme Mutter alle Pfoten voll zu tun, die auseinanderstrebenden Jungtiere beisammenzuhalten – und als eines Nachmittags, von sämtlichen Instinkten verlassen, der Hund des Gärtners auftauchte, verwandelte sich die Katze in eine Furie: Sie sprang ihm mit ausgefahrenen Krallen ins Gesicht und traktierte ihn derart, daß er aufheulend entfloh.

Nach und nach wurden die Kleinen abgeholt. Lola suchte das letzte zwei Tage lang; dann nahm sie ihr früheres Leben wieder auf – und wir hatten den Eindruck, daß sie ihre Freiheit und unsere ungeteilte Zuneigung neu genoß.

Im Herbst 1943 beschloß meine Mutter zur Unterstützung meines Vaters, dem die Arbeit über den Kopf wuchs, häufiger mit nach Berlin zu fahren und notfalls auch ein paar Wochen dort zu bleiben. Für meine Aufsicht wurde ein zwanzigjähriges Mädchen engagiert. Lola sollte meine Mutter probehalber begleiten.

Nun hatte die Katze zwar nichts gegen Autofahren, sie fuhr sogar recht gern – aber in Berlin nicht mehr »ausgehen« zu können, behagte ihr gar nicht. Wie mir meine Mutter am Telefon erzählte, protestierte sie bereits am zweiten Tag gegen die Unfreiheit. Sie schleuderte ihren Eßnapf quer durch die Küche, sie zerkratzte Ledersessel und Teppiche, sie sprang gegen Fenster und die Wohnungstür, kurz: Sie bekam regelrechte Wutanfälle. Daraufhin entschied meine Mutter, sie nicht mehr mitzunehmen – was ihr aber auch nicht gefiel. Sobald sie merkte, daß die Koffer gepackt wurden, miaute sie, ging meiner Mutter um die Beine, lief zwischen Wohnung und Auto hin und her. War sie in Berlin, begann sie wieder zu toben.

Glücklicherweise bestand mein Vater – der zunehmenden Luftangriffe wegen – darauf, daß meine Mutter nach einigen solcher Aufenthalte endgültig in Buckow blieb und löste damit auch Lolas Konflikt. Sie konnte sich weiterhin ihres abenteuerlichen Daseins erfreuen, in dem sie niemals gefährdet schien. Doch dann kam jener Tag, an dem wir sie vergeblich riefen ...

Sie hatte immer engen Kontakt zu uns gehalten. Mehrmals täglich erschien sie in der Wohnung, mit oder ohne Beute, »erzählte« uns, was sie erlebt hatte, wollte schmusen und gestreichelt werden. Die Nächte verbrachte sie draußen, tauchte aber ein- bis zweimal pro Nacht auf, sprang auf mein Bett, tippte mich mit der Pfote ins Gesicht – und begann zu schnurren, wenn ich erwachte und mit ihr sprach. Irgendwann verschwand sie dann, war aber zum Frühstück immer pünktlich zur Stelle. Nur bei extremen Wintertemperaturen blieb sie nachts im Haus.

Hatten wir sie tagsüber längere Zeit nicht gesehen, genügte es, sie zu rufen; denn so weitläufig der Park war, sie hörte oder spürte es immer. Deshalb hatten meine Mutter und ich eines Morgens im Herbst sofort ein ungutes Gefühl, als wir sie nicht erblickten, sie auf unsere Rufe hin nicht erschien.

Unsere Unruhe wuchs im Laufe des Vormittags. Wir suchten nach ihr, gingen systematisch den ganzen Park ab, überlegten, was ihr zugestoßen sein könnte. Hatte sie sich mit einem Iltis angelegt und war verletzt worden? Konnte ein fremder Hund sie außerhalb des Grundstücks erwischt haben? War sie irgendwo abgestürzt? Die Suche blieb ergebnislos, die Katze verschwunden. Der Tag endete in Betrübnis.

In der Nacht warf ich mich schlaflos von einer Seite auf die andere, stand auf, ging hinaus. Der Wind wehte kühl, dunkle Wolken trieben über den Himmel, ich wanderte durch den Park, rief, immer wieder. Aber ich störte nur Vögel, Eichhörnchen und einen Hasen auf.

Am nächsten Tag ließ meine Mutter eine Suchanzeige in die Ortszeitung setzen, verbunden mit der Zusage eines hohen Finderlohnes. Die Annonce wurde wiederholt, die Belohnung erhöht. Wir lebten von der Hoffnung.

Eine Woche nach Lolas Verschwinden, an einem regnerischen Nachmittag – meine Mutter war in den Gemüsegarten gegangen, um Mohrrüben zu holen –, kreuzte Jürgen, ein Klassenkamerad von mir, auf – mit einer großen Tasche, in der etwas hin und her wirbelte. In meinem Zimmer zog er den Reißverschluß der Tasche zurück und heraus sprang, zwar abgemagert und aufs höchste gereizt, aber offensichtlich unverletzt, Lola, fauchte Jürgen an und schoß unter mein Bett.

Ich war überglücklich und hörte kaum hin, als Jürgen mir eine verworrene Geschichte von einem Keller in der Stadt erzählte, in dem er die Katze entdeckt haben wollte. Nur mein Unterbewußtsein reagierte mit einem unbehaglichen Gefühl: Lola war niemals allein in die Stadt gegangen.

Kurz darauf hörte ich meine Mutter kommen, in die Küche gehen und rief ihr zu, daß Lola wieder da sei. Nach der ersten Freude befragte sie Jürgen eindringlich, wo er die Katze »aufgetrieben« habe. Jürgen wiederholte seine Geschichte, meine Mutter gab ihm die Belohnung, woraufhin er sich eilig verabschiedete.

Kaum hatte er das Zimmer verlassen, kam Lola unter der Couch hervor und warf sich geradezu in die Arme meiner Mutter. Sie nahm die Katze auf den Schoß, ich kniete vor dem Stuhl, wir streichelten und streichelten – und Lola schnurrte wie nie zuvor.

Für meine Mutter aber war der Fall damit nicht abgetan. Sie vermutete, daß Jürgen die Katze gestohlen hatte, in der Annahme, daß wir für ihre Wiederbeschaffung eine hohe Belohnung aussetzen würden. Schließlich wußte jeder in meiner Klasse, wie sehr wir an Lola hingen. Diese Vermutung sollte sich als richtig erweisen. Einige Wochen später erzählte mir ein Schulkamerad unter dem Siegel der Verschwiegenheit, Jürgen habe sich gebrüstet, es sei ganz einfach, an Geld zu kommen, man müßte nur »die richtigen Quellen« anzapfen.

Meine Mutter ließ sich diese Information durch den Kopf gehen, beschloß dann aber, nichts zu unternehmen. Jürgen hätte geleugnet, seine Eltern galten in unserem Bekanntenkreis als unangenehm und streitsüchtig; außerdem war sie sicher, daß sich ein solcher Fall nicht wiederholen würde. Wir hatten unsere Katze wieder – nur das zählte.

Lola wurde nach diesem Erlebnis fremden Menschen gegenüber noch mißtrauischer, als sie es seit eh und je gewesen war. Sobald jemand in Erscheinung trat, den sie nicht kannte, ein Handwerker beispielsweise oder entfernte Verwandte, verschwand sie. Sie schien entschlossen, sich kein zweites Mal fangen zu lassen.

Doch die »gestundete Zeit« lief ab, der Krieg trat in sein Endstadium. Im September 1944 starb mein Vater – niemals, so scheint mir im nachhinein, war ein Herbst so schön wie dieser letzte vor dem Zusammenbruch. An einem tiefblauen Himmel ging die Sonne täglich strahlend auf, alle Blumen im Park wucherten in einer Fülle ohnegleichen, die Grillen sangen bis Anfang Oktober. Im Dezember hörten wir zum ersten Mal – noch fern – das Donnern von Kanonen. Es rückte Woche um Woche näher. Im Januar 1945 standen Teile der russischen Armee bei Küstrin, und meine Mutter bereitete unsere Flucht vor.

Wir brachen auf, mit einem einzigen Koffer und überzeugt davon, daß die Nachbarin, die ein Auto besaß und sich ebenfalls nach Süden begeben wollte, ihr Versprechen halten und Lola zu uns bringen würde. Der Dienstwagen meines Vaters war gleich nach seinem Tod eingezogen worden, so daß wir auf Züge angewiesen waren.

Für mich hatte dieser endgültige Abschied vom märkischen Paradies keine Realität; ich hielt ihn für ein Zwischenspiel. Mich interessierte nur, wann ich Lola wiederhaben würde ...

Ich sehe sie noch heute im Fenster des kleinen Vorbaus neben der Eingangstür sitzen, den Schwanz um die Pfoten gelegt, den Blick ins Weite gerichtet – ein unendlich vertrautes Bild – und das letzte. Denn die Nachbarin, die uns treffen und sie mitbringen sollte, kam niemals. Sie hatte nach unserer Flucht unsere Wertgegenstände requiriert, sich ins Unbekannte abgesetzt und Lola ihrem Schicksal überlassen.

Drei Jahre später erfuhren wir, was aus unserer Katze geworden war. Sie habe versucht – schrieb eine Bekannte, die Buckow nicht verlassen hatte –, Lola einzufangen, um sie zu sich zu nehmen. Die Katze sei aber, nachdem sie wochenlang nach uns gesucht hatte, völlig verwildert, habe niemanden mehr in ihre Nähe gelassen, sei dann in den Wald verschwunden, und dort »von Walter K., Sie wissen ja, er hat Katzen immer gehaßt«, erschossen worden. »Ihr Halsband ist in meinen Besitz gelangt, ich schicke es Ihnen demnächst«, schloß der Brief.

Das Halsband liegt in der Schublade des Schreibtisches, an dem ich arbeite. Es gehört zu den wenigen Erinnerungsstücken an meine Kindheit, die mir geblieben sind.

Bärchen, Lola – in der Welt von gestern wurden die Fundamente der Liebe zur Natur, der besonderen Liebe zu Katzen gelegt, so tief und fest, daß nicht einmal der Feuersturm des Zeitgeschehens sie beschädigen konnte.

Doch ehe ich auf die nächste Katze traf, zu der sich eine enge persönliche Beziehung entwickeln sollte, zogen wir – Nachkriegsschicksal Hunderttausender – geraume Zeit kreuz und quer durch Deutschland . . .

Blanco – der musische Kater

Die Freundschaft mit Blanco begann an einem heißen Juliabend 1955 in Berlin – obwohl mir zu diesem Zeitpunkt nichts ferner lag als der Gedanke an eine Katze. Denn während ich eilig den Kurfürstendamm hinunterging, vorbei an den Straßencafés, an flanierenden, plaudernden, lachenden Menschen, erfüllte mich nur der Wunsch, daß Professor v. B., Musik- und Schauspielpädagoge, bereit sein würde, mir Unterricht zu erteilen. Doch weil mir sein hohes Alter und seine strengen Auswahlkriterien bekannt waren, sah ich der telefonisch vereinbarten Prüfung in seiner Wohnung mit Nervosität entgegen.

Das Haus, dem ich zustrebte, befand sich in einer der zahlreichen Straßen, die vom Kurfürstendamm abzweigen. Es war eines jener typischen Berliner Mietshäuser aus der Vorkriegszeit: grau, wuchtig, vierstöckig, mit breitem Dachfirst. Die Kronen der Linden am Rande des Bürgersteiges reichten bis über das dritte Stockwerk hinaus.

Klopfenden Herzens stieg ich die Treppe in den zweiten Stock hinauf, klingelte, wurde von Frau v. B. freundlich in Empfang genommen und durch einen langen Flur in ein großes Zimmer geführt. Ich bewunderte im stillen die kostbaren Teppiche, den prachtvollen Flügel, den Tisch mit den eleganten Sesseln. Zwei Stehlampen warfen ihr warmes Licht auf Musikinstrument und Sitzecke, die Deckenbeleuchtung war nicht eingeschaltet.

Frau v. B. bat mich Platz zu nehmen, wir wechselten ein paar Worte, als durch eine andere Tür der Professor eintrat. Er wirkte vital, energisch, seine Strenge wurde nur durch die Andeutung des Lächelns gemildert, mit dem er mir die Hand reichte. Dann setzten wir uns, das »Verhör« begann. Ich mußte auf viele Fragen Rede und Antwort stehen, das Gespräch wurde lebhaft.

Plötzlich bewegte sich die Tür zum Nebenzimmer, ein breiter Spalt tat sich auf, eine große weiße Katze trat ein, verharrte, schritt weiter, verharrte erneut – im matten Lichtschein schimmerte das Fell wie frisch gefallener Schnee, die mächtigen Pfoten setzten locker auf, der lange Schwanz bewegte sich leicht, dunkel wirkende Augen unter großen, spitzen Ohren fixierten mich.

Hingerissen von soviel Schönheit und Persönlichkeit blieb ich mitten im Satz stecken, sah nur noch die Katze, die langsam auf mich zukam, bis sie direkt vor mir stand. Sie betrachtete mich, schien zu überlegen – und landete dann mit einem mühelosen Sprung auf meinem Schoß, blickte mir nochmals intensiv in die Augen, rollte sich zusammen, begann zu schnurren – laut und regelmäßig wie eine gut geölte Nähmaschine.

Ich wagte nicht, mich zu rühren, strich nur behutsam über das seidenweiche Fell, zwei Augen öffneten sich, blinzelten, schlossen sich wieder; ein energischer Ruck ging durch den Körper, offenbar, um äußerste Bequemlichkeit zu erreichen, ich spürte zunehmende Schwere und dann nur noch die Vibration absoluter Zufriedenheit.

»Sie mögen Katzen.« Es war keine Frage, sondern eine Feststellung mit der mich Frau v. B. lächelnd ins Gespräch zurückholte. »Aber das allein kann es nicht sein«, fuhr sie fort, nachdem ich heftig genickt hatte, »wir haben Blanco jetzt seit zwölf Jahren. In dieser Zeit hatte mein Mann Dutzende von Schülern, darunter auch Katzenfreunde, aber selbst die haben erst spät gemerkt, daß hier eine Katze herumspazierte. Blanco verschwand jedesmal, sobald ein Schüler auftauchte. In der ganzen langen Zeit hat er sich nur einen als Freund ausgesucht, einen jungen Sänger. Den mochte er sofort, bei dem war er auch immer im Unterricht dabei. Wie's scheint, hat er sich soeben zum zweiten Mal verliebt.«

»Sieht so aus«, bestätigte Paul v. B., »aber was bei Gesangsunterricht geht, geht nicht beim Rollenstudium. In Ihren Stunden wird er ausgesperrt.«

Ich begriff erst ein paar Minuten später, was der letzte Satz bedeutete. Um ganz sicher zu gehen, fragte ich dennoch: »Heißt das, daß Sie mich unterrichten wollen?«

Der alte Herr schmunzelte: »Ganz recht, junge Dame, das heißt es.«

Aber die freudigen Überraschungen dieses Abends waren noch nicht zu Ende. Auf meine etwas bange Frage nach dem Honorar winkte der Professor ab, erklärte, er habe genug Geld, er wolle mit mir arbeiten, weil er meine, daß das »Sinn« haben könnte – »nur, wie gesagt: ohne den Kater«.

Nachdem der erste Unterrichtstermin vereinbart worden war, fühlte ich mich entlassen, nahm die schlafende Katze, setzte sie sanft auf den Teppich, stand auf. Blanco gähnte, streckte sich, warf mir einen vorwurfsvollen Blick zu, blieb aber neben mir stehen.

Die Verabschiedung war kurz und herzlich. Paul v. B. ging zum Flügel, seine Frau und Blanco begleiteten mich zur Wohnungstür, und während die Klänge einer Bachschen Fuge durch die

Räume zogen, beugte ich mich zu dem Kater hinunter, redete mit ihm, streichelte ihn; er sah mich aufmerksam an und strich mir um die Beine.

Doch bevor ich mein Bedauern äußern konnte, daß mein Unterricht ohne ihn stattfinden sollte, sagte Frau v. B., offenbar hellsichtig: »Keine Sorge, er wird bei Ihren Stunden dabeisein. Er setzt seinen Kopf immer durch, auch gegen meinen Mann. Sie müssen nur achtgeben, daß er Sie nicht ablenkt. Ich weiß nicht, wie er sich bei Schauspielunterricht verhält, bei Musik stört er nie.«

Ich schwebte wie auf den berühmten Wolken die Treppe hinunter: Ich hatte den Lehrer gewonnen, den ich haben wollte, und die Zuneigung einer imponierenden Katze. Blanco würde endlich das emotionelle Loch füllen, das durch Lolas Verlust in mir entstanden war; denn noch immer ließen unsere instabilen Verhältnisse die Anschaffung einer eigenen Katze nicht zu.

Die erste Stunde fand drei Tage nach diesem Gespräch statt. Kaum hatte ich die Wohnung betreten, legte im Flur die Jacke ab, erschien Blanco, gab mir einen freundschaftlichen Puff mit dem Kopf, schlenderte hinter mir her in das Zimmer, aus dem er erstmals aufgetaucht war; ich schloß die Tür zum Flur, die Tür zum Flügelzimmer stand offen, ich holte meine Bücher heraus. Blanco sprang auf den wuchtigen Schreibtisch und von dort aufs Bücherregal, wo er sich mit eingeschlagenen Pfoten niederließ.

Ein paar Minuten später trat Professor v. B. ein, begrüßte mich kurz, erteilte seinem Kater die Anweisung, sofort herunterzukommen, was der in souveräner Gelassenheit ignorierte, überlegte, ob er ihn holen sollte, wozu eine Leiter nötig gewesen wäre, brummte »Ach was, damit verlieren wir nur Zeit«, erklärte dem Kater drohend »Aber wenn du dich da oben rührst...«, wovon Blanco sich augenscheinlich nicht angesprochen fühlte und wandte sich mir zu. »Auf geht's, junge Dame, zuerst die Johanna, den Monolog.«

Anfangs fiel es mir schwer, meine Blicke nicht immer wieder zu dem Bücherregal schweifen zu lassen. Doch nachdem mich mein Lehrer zweimal verwarnt und gedroht hatte, den Kater hinauszuwerfen, riß ich mich zusammen, konzentrierte mich, und die Stunde nahm relativ zufriedenstellend für beide Seiten ihren Fortgang. Blanco rührte sich nicht, beobachtete mich aber unausgesetzt.

Als er merkte, daß wir wieder »normal« sprachen, verließ er seinen Aussichtsposten, kam zu mir und umschmuste mich. Mein Lehrer sah sich das ein Weilchen an, dann ging er zum

Schreibtisch, holte einen Tennisball heraus, gab ihn mir und sagte: »Es kommt jetzt kein Schüler mehr. Wenn Sie wollen, können Sie mit Blanco spielen. Er ist ein Tenniscrack.«

Kaum sah Blanco den Ball, lief er ins Nebenzimmer, legte sich flach auf den Teppich, seine Augen leuchteten, sein Schwanz fegte über den Boden; ich legte mich im Unterrichtszimmer lang, schlug den Ball hinüber, Blanco sprang hoch, erreichte ihn und schleuderte ihn so scharf zurück, daß ich ihn gerade noch erwischen konnte. Er war ein richtiger Profi. Professor v. B. hatte sich am Schreibtisch niedergelassen und sah amüsiert zu.

Doch Tennis war nicht Blancos einzige Leidenschaft, er hatte noch eine zweite: Er liebte Mozart, der auch der Lieblingskomponist meines Lehrers war. Paul v. B. hatte viele Jahre lang Konzerte gegeben, spielte in seiner späteren Lebensphase aber meist ohne Zuhörer, nur sich selbst zur Freude. »Und dann müßten Sie Blanco sehen«, erzählte mir seine Frau, als wir uns ein paar Wochen kannten, »wie er daliegt, wie er zuhört, bis zum letzten Takt. Auf Beethoven reagiert er weniger, und Hindemith kann er nicht ausstehen.«

Ich wurde neugierig, bat, das einmal miterleben zu dürfen. Frau v. B. sprach ihren Mann darauf an, er sagte zu, und ein paar Tage später, an einem Mittwochnachmittag, wurde ich zur »Musikalischen Soiree« mit Kater gebeten.

Gleich nachdem ich die Wohnung betreten hatte, erschien Blanco, offensichtlich überrascht, mich zu einer ungewohnten Zeit zu sehen. Er wußte genau, wann ich zu erwarten war. Meine Unterrichtsstunden fanden jeweils montags, donnerstags und freitags am Morgen statt, und Frau v. B. hatte mir berichtet, daß er sich an diesen Tagen bereits eine halbe Stunde vorher im Flur aufhielt und die Wohnungstür nicht aus den Augen ließ.

Der Professor saß am Flügel, als wir zu dritt ins Zimmer kamen, nickte uns zu und sagte:»Ich fange mit Beethoven an.« Wir setzten uns, Blanco sprang auf meinen Schoß, kokettierte mit mir, die Musik schien ihn nicht zu interessieren. Er rollte sich auf den Rücken, kniff die Augen zu, schnurrte.

Paul v. B. brach ab, wechselte die Noten, sagte: »Jetzt geben Sie acht.«

Schon bei den ersten Tönen von Hindemith fuhr Blanco hoch, sprang von meinem Schoß, sauste ins Nebenzimmer – die Tür zum Flur stand offen – und war verschwunden.

Ich lachte: »Wo ist er jetzt?«

Frau v. B. zuckte lächelnd die Achseln: »Vermutlich im Schlafzimmer, das ist am weitesten entfernt.«

Der Professor fügte hinzu, während er die Hände von den Tasten nahm: »So reagiert er bei allen modernen Komponisten. Aber mir sind die Klassiker auch lieber.«

Erneut wechselte er die Noten, ein paar Takte aus der »Zauberflöte« erklangen, Frau v. B. wies mit einer Kopfbewegung zum Nebenzimmer: Blanco war wieder aufgetaucht, schritt langsam näher, ging zum Flügel, sprang hinauf, schlug die Vorderpfoten ein, schloß genußvoll die Augen, rührte sich nicht mehr, und für die nächste Stunde hatte – vollendet gespielt – nur noch Mozart das Sagen.

Als Paul v. B. geendet hatte, stand Blanco auf, streckte sich, sprang vom Flügel, kam und sah zu mir hoch. Ich mußte an die wilden Tiere denken, die, der Sage nach, von Orpheus mit den Klängen seiner Leier bezaubert worden waren . . .

Am nächsten Morgen um zehn Uhr trat ich wieder zum Rollenstudium an. Blanco hatte, wie von Frau v. B. prophezeit, seinen Kopf durchgesetzt: Er war in jeder meiner Stunden dabei, lag meist auf dem Bücherregal, manchmal auch auf dem Schreibtisch oder in einem der Sessel, ich hatte gelernt, seine Anwesenheit zu ignorieren, und so lief die Arbeit störungsfrei ab. Mein Lehrer duldete den Kater beim Unterricht zwar nach wie vor ungern, aber Blanco verhielt sich musterhaft.

Nur einmal in der langen Zeit, in der ich bei dem Ehepaar v. B. ein und aus ging, erlag er der Versuchung, während einer »heiligen Stunde« in Aktion zu treten: als ich mich, in einem modernen Stück, auf der Couch ausstrecken und eine längere Passage im Liegen sprechen mußte.

Ich lag noch keine Minute, da glitt er vom Sessel, sprang auf die Couch, tigerte auf mir entlang, tippte mich vorsichtig auf die Wange, starrte mir ins Gesicht – und warf die Schnurre an. Ich mußte lachen, mein Lehrer brüllte: »Verdammt noch mal, dieser lausige Kater«, war mit raschen Schritten neben der Couch, griff nach Blanco, der zurückwich, die Ohren anlegte, fauchte, die rechte Pfote hob und dem Professor sämtliche Krallen über die Hände zog.

Paul v. B. fluchte, packte ihn am Nackenfell und unter dem Bauch, trug ihn zur Tür, öffnete, schubste ihn hinaus und herrschte mich an: »Weiter jetzt.«

Aber meine Konzentration war dahin, zumal Blanco vor der Tür protestierte. Kurz darauf vernahm ich leise Schritte, hörte Frau v. B.s Stimme, Blancos Protest verstummte. »Na endlich«, brummte mein Lehrer, »der verdammte Kater macht uns die ganze Stunde kaputt.«

Sie gerieten oft aneinander, der Professor und Blanco, weil Paul v. B. die Autorität, die er für seine Schüler war, auch dem Kater gegenüber sein wollte. Dieses Bestreben war natürlich zum Scheitern verurteilt, da keine Katze Autoritäten anerkennt, und so endeten alle Auseinandersetzungen der beiden mit einem Patt. Nur wenn der alte Herr Mozart spielte, herrschte zwischen Mensch und Tier Harmonie.

In profanen Alltagsdingen mußte sich Frau v. B. häufig als Vermittlerin einschalten; sie war meist erfolgreich, denn zumindest der Kater ließ sich fast immer von ihr »befrieden«. Sie verreiste auch nicht mehr, weil Blanco sich in früheren Jahren während ihrer Abwesenheit jedesmal geweigert hatte zu fressen, lustlos herumgestrichen war und Paul v. B. entweder mit völliger Teilnahmslosigkeit oder mit Wutanfällen genervt hatte. Den Kater Nachbarn oder Freunden anzuvertrauen war unmöglich: Blanco hatte sein ganzes Leben lang nur wenige Menschen akzeptiert – und Freunde oder Nachbarn waren nicht darunter gewesen.

»Selbst die Leute unter uns, denen seine Freundin gehört, dürfen ihn nicht anfassen. Sie dürfen ihn nur einlassen, damit er Mauzi abholen kann«, beschrieb Frau v. B. in einem unserer Katzengespräche den komplizierten Charakter ihres Katers und seine privaten Beziehungen.

Die zierliche, getigerte Mauzi war Blancos Liebe von Anfang an gewesen. Der gegenseitigen Zuneigung hatte auch die spätere Kastration beider keinen Abbruch getan. Die dritte Katze im Haus, Mohrchen, war weder für Blanco noch für Mauzi mehr als existent. Traf man sich zufällig auf der Treppe, auf dem Boden oder im Hausflur, erfolgte von seiten der beiden ein leises, sublimes Fauchen, das Mohrchen auf gleiche Weise beantwortete. Danach ging jeder wieder seiner Wege.

Blanco und Mauzi gingen nur gemeinsam aus; aber nicht nach unten – die Haustür war immer geschlossen –, sondern die Treppe hinauf zum Dachboden, dessen Tür für die Katzen stets einen Spalt offenstand. Manchmal holte Blanco Mauzi ab, manchmal saß Mauzi vor Blancos Wohnungstür. Da beide Familien mit der Situation vertraut waren, wurde immer wieder einmal aus der Tür geschaut.

Auch ich habe Blanco und Mauzi einige Male einträchtig nach oben schlendern sehen und bin ihnen gefolgt. Sie schlüpften durch die Bodentür, gingen zur Dachluke, an der eine schmale Leiter lehnte, stiegen hinaus, Mauzi vorweg, Blanco hinterher und wanderten, vorsichtig Pfote vor Pfote setzend, den Dachfirst entlang.

War es warm, lagen sie nebeneinander auf irgendeinem Vorsprung oder auf einem der breiten, kurzen Schornsteine und sonnten sich; war es kühl, spazierten sie über die Dächer. Nachts allerdings wurden sie kategorisch im Haus gehalten, weil niemand mehrmals aufstehen wollte, um nach den Bummlern zu sehen, und sie über eine so lange Zeitspanne sich selbst zu überlassen, schien ihren Besitzern zu gefährlich. An dieser nächtlichen Unfreiheit nahmen weder Blanco noch Mauzi Anstoß. Sie waren seit Jugendtagen daran gewöhnt. Nur in mondhellen Nächten rebellierten sie gelegentlich . . .

Aber – und das ist so banal wie zutreffend: Alles Schöne im Leben geht nur allzu schnell vorüber – so auch meine eineinhalb Jahre Schauspielunterricht, verbunden mit Katzen. Als der erste Herbststurm die Blätter von den Linden fegte, mußte ich mich auf die Abschlußprüfung vorbereiten, bestand und erhielt ein Engagement an einer kleinen Bühne in Westdeutschland. In den verbleibenden Wochen besuchte ich die B.s häufig, trug noch so manches Tennismatch mit Blanco aus, genoß manchen Abend beim Klavierspiel meines Lehrers.

Dann kam der Tag, an dem ich Berlin verlassen mußte. Ein letztes Mal lag Blanco auf meinem Schoß, ein letztes Mal begleitete er mich zur Tür – aber nur dieses eine Mal vernahm ich ein tiefes, klagendes Miau, als die Wohnungstür hinter mir ins Schloß fiel: Er hatte wohl gespürt, daß dies der Abschied für immer war. Das Weitere erfuhr ich von Freunden: Mein Lehrer starb ein paar Monate nach meinem Weggang, fünfundachtzig Jahre alt, Frau v. B. zog mit Blanco in eine kleinere Wohnung. Er lebte dort noch zwei Jahre, schlief – sechzehnjährig – eines Abends ein und wachte nicht mehr auf. Ein reiches Katzenleben war leicht und schmerzlos zu Ende gegangen.

Nach Erhalt dieser Nachricht schluckte ich ein paarmal, schickte ein leises »Lebewohl, Blanco« in den Himmel und hoffte, daß ihn Melodien aus der »Zauberflöte« auf seiner letzten Reise begleitet hatten . . .

IN KANADA

Wassinka – der Herr der Straße

Eine Oktobernacht in Winnipeg. Dunkle Wolken jagten über einen helleren Himmel, verdeckten den Anblick des Mondes, gaben ihn wieder frei. Ich stand am Fenster, wie meist, wenn ich nachts erwacht war, und blickte auf Rasenflächen, Büsche und Bäume des weitläufigen Spielplatzes hinüber. Zwei Katzen schlenderten über eine der Wiesen, kurz darauf trat aus dem Schatten der Ahornbäume eine dritte, sah die anderen, verharrte: Wassinka war unterwegs.

Die beiden hatten inzwischen die Straße erreicht, standen vor unserem Haus, trennten sich. Die eine wandte sich nach rechts, die andere nach links. Wassinka hatte ihnen nur mäßig interessiert nachgeschaut und war dann wieder unter den Bäumen verschwunden. Ich kehrte ins Bett zurück.

Ein paar Monate vor der Abreise nach Kanada hatte noch nichts darauf hingedeutet, daß ich Deutschland verlassen würde. Nach vielfachem Wechsel – verursacht durch den Beruf als Schauspielerin, den ich 1962 aufgegeben hatte, um Redakteurin zu werden – lebte ich in Darmstadt erstmals seit geraumer Zeit in einem überschaubaren Umfeld und materiell abgesichert. Ich hätte zufrieden sein können, war es auch; nur hin und wieder stellte sich ein unbestimmtes Unbehagen ein, dessen Ursache sich nicht fassen, nicht definieren ließ.

Ich versuchte, dieses Gefühl beiseite zu schieben, abzuschütteln. Aber je mehr Zeit verging, desto mehr verstärkte es sich. Die tägliche Arbeit gerann zu Monotonie, der langjährige Freund verlor seine Anziehungskraft, der Blick aus dem Fenster meines hochgelegenen Zimmers ließ zunehmendes Fernweh aufkommen. Unruhe packte mich, und irgendwann tauchte inmitten schweifender Gedanken, zielloser Vorstellungen, vager Empfindungen ein Kindertraum auf, ein sehr alter, lange vergessener: der Traum von endlosen Horizonten. Er entwickelte sich, nahm – kanadische – Gestalt an, überwucherte zunehmend die deutsche Realität, wurde schließlich so mächtig, daß er mich zum Handeln zwang.

Ich fand heraus, daß sowohl in Toronto als auch in Winnipeg, Hauptstadt der Prärieprovinz Manitoba, eine deutsche Wochenzeitung existierte, schrieb an beide, erhielt von beiden ein Angebot – und entschied mich für Winnipeg, weil mir das Wort »Prärie« ein Synonym für endlose Horizonte zu sein schien.

Der Freund war entsetzt, versuchte, mich von »diesem Unsinn« abzubringen, die Kollegen tippten sich bezeichnend an die Stirn. Beifall fand ich nur bei meiner Mutter. Sie beschloß spontan, Bonn den Rücken zu kehren und mit mir nach Kanada zu gehen. Auf meinen dringlichen Brief hin wurde in der Zeitung eine Halbtagstätigkeit für sie eingerichtet. Anfang September 1966 flogen wir ab, meine Mutter voller Neugier auf die fremde Welt, ich in Erwartung von Ritten durch die Prärie, Begegnungen mit Bären, Wölfen, Indianern. Daß dieser Zeitabschnitt von Katzen geprägt werden sollte, lag jenseits dessen, worauf ich eingestellt war.

Zwar hatte es in den unruhigen Theaterjahren, und später in Darmstadt, einige längere Katzenbekanntschaften gegeben; aber sie waren von beruflichen und privaten Interessen verschiedenster Art in den Hintergrund gedrängt worden. Erst angesichts des Katzenreichtums in Winnipeg lebte die alte Liebe heftig wieder auf.

Schon in den ersten Tagen, in denen wir, auf Wohnungssuche, nur jene Straßenzüge ins Auge faßten, die der Zeitung so nahe lagen, daß sich der tägliche Weg zu Fuß zurücklegen ließ, trafen wir überall auf Katzen. Sie bummelten die Bürgersteige der stillen Straßen entlang, sie saßen in

Gärten, vor Haustüren oder in Fenstern der Ein-
familienhäuser, waren alle schön und fast alle
zutraulich. »Vielleicht können wir bei einer Katze wohnen«, sagte meine Mutter hoffnungsvoll.

Eines Nachmittags stießen wir auf ein mittel-
großes, rotes Backsteinhaus, in dessen unterem
Fenster ein Zettel mit der Aufschrift »Suite for
Rent« hing – und das mir sofort gefiel. Nach
einem einverständlichen Blick zwischen uns
klingelte ich, eine Frau mit slawischen Gesichts-
zügen, etwa Mitte Vierzig, bat uns ins Wohnzimmer; ihr sehr viel älterer Mann sah von der Zeitung auf. Während des Gesprächs bewegte sich
die Tür zum Flur, ein dunkelbrauner Tigerkat-
zenkopf streckte sich ins Zimmer, der Kater
schlenderte näher, und betrachtete uns aus
aquamarinfarbenen Augen, ging uns um die Beine, sprang meiner Mutter auf den Schoß,
schnurrte.

Der Mann, der ihn beobachtet hatte, lächelte,
sagte, wir könnten die Wohnung haben, und damit hatten wir ein Zuhause, Freunde im fremden Land und eine Katze namens Wassinka gefunden. Sie blieb nicht die einzige, war aber die
erste, die uns in Manitoba willkommen hieß.

Tanja und Sergej – sie stammte aus Sibirien, er
aus dem Kubangebiet – waren in den Wirren des
Zweiten Weltkriegs nach Deutschland verschla-
gen worden, von dort nach Kanada ausgewan-

dert und lebten seitdem in Winnipeg. Sie hatten es nach harten, arbeitsreichen Anfangsjahren zu bescheidenem Wohlstand gebracht, der ihnen erlaubte, von ihrem Vermögen und den Mieteinnahmen zu leben. Sie bewohnten die beiden unteren Räume des Hauses, wir bekamen die hübsche Zwei-Zimmer-Suite mit einem großen Erkerfenster im ersten Stock. Neben uns wohnte eine alte Dame, über uns ein berufstätiges Ehepaar, im ausgebauten Basement ein Mechaniker. Wassinka war die einzige Katze im Haus, von allen wohlgelitten, aber weniger auf Menschen als auf Artgenossen fixiert. Das änderte sich, nachdem wir eingezogen waren.

In den Nächten ständig unterwegs, verbrachte er große Teile des Tages zunehmend häufiger bei uns – und wenn ich heute auf die vielen Szenen unseres zweieinhalbjährigen Lebens zurückblicke, sehe ich sein dunkel gestreiftes Gesicht mit den hellen Nixenaugen so deutlich vor mir, als habe er das Zimmer eben erst verlassen . . .

Von Anfang an erschien er mehrmals täglich vor unserer Wohnungstür, miaute, wurde eingelassen, blieb für längere Zeit. Zu meiner Mutter faßte er eine besondere Zuneigung; er umschnurrte und umschmeichelte sie, er nahm jede Gelegenheit wahr, sich auf ihrem Schoß niederzulassen. Jeden Mittag hielt er, wie Sergej berichtete, nach ihr Ausschau, und sobald er sie die Straße hinunterkommen sah, lief er zur Haustür.

Sergej war über diese freundschaftliche Beziehung sehr erfreut. Der ruhige, verschlossene Mann, dem der Krieg alle Angehörigen genommen und schwere körperliche Verletzungen zugefügt hatte, liebte den Kater wie ein Kind, das er gern gehabt hätte, und versuchte ihn gegen jedes wirkliche oder vermeintliche Übel abzuschirmen.

Die temperamentvolle Tanja ging trotz ihrer großen Sympathie für Katzen mit Wassinka recht rauh um. Sie zog ihn am Schwanz und packte beim Spielen so robust zu, daß er die Krallen einsetzte, um sie abzuwehren, was sie lachend hinnahm, auch wenn sie tiefe, blutige Schrammen davontrug. Seine Kampfbereitschaft imponierte ihr immer, gleichgültig, wer das Opfer war. Ihn kastrieren zu lassen, hatte sie mit Empörung abgelehnt.

Wassinkas Revier umfaßte neben dem großen Spielplatz die Straße mit der schmalen Backlane sowie die kleineren Nebenstraßen, die sie kreuzten und auf denen Kinder spielten und Katzen spazierengingen. Traf er, der Älteste, bei seinen Rundgängen auf andere erwachsene Kater, verlief die Begegnung meist friedlich: Ein kurzes Verharren auf beiden Seiten, vier Augen, die sich musterten, zwei Schwänze, deren Spitzen zuckten; man kannte einander, zu Feindseligkeiten bestand kein Anlaß.

Nur wenn die – verhältnismäßig wenigen – Katzen in Paarungsbereitschaft gerieten, rüsteten die Kater zum Kampf, und Wassinka war meist der Herausforderer. Mit seiner kräftigen, tiefen Stimme, die angesichts seiner schmächtigen Erscheinung überraschte, orgelte er so laut, daß er alle anderen übertönte. Seine nächtlichen Kundgebungen waren auch den menschlichen Anwohnern des gesamten Straßenzuges vertraut.

Doch seine imponierende Stimme war nicht nur nachts zu vernehmen. Sie lockte uns oft auch am Tage ans Fenster oder in den Garten und erscholl immer dann, wenn ein fremder Kater es gewagt hatte, seinen Grund und Boden zu betreten.

Wie oft habe ich ihn mit aufgestelltem Rückenfell und peitschendem Schwanz auf einen Busch oder die Gartenhecke zuschreiten sehen und kurz darauf sein drohendes »Aaaauuuh« gehört, das gewöhnlich den sofortigen Rückzug des Eindringlings zur Folge hatte. Nur junge, noch nicht geschlechtsreife Kater wurden geduldet.

Durch das ständige Beobachten, das sich bei meiner Mutter und mir allmählich zur Manie entwickelt hatte, kannten wir bald alle Katzen der näheren Umgebung und erfuhren im Laufe der Zeit auch, welche wohin gehörte, wobei offenblieb, ob der Mensch die Katze oder die Katze den Menschen besaß.

Die Winnipeger lieben ihre Katzen, und wer nicht gerade im Zentrum wohnt, läßt sie frei umherstreifen; nicht einmal Perser und Siamesen werden konsequent im Haus gehalten. Auch beschwert sich kaum jemand über den Lärm, mit dem Katerkämpfe nun einmal verbunden sind.

Zu Beginn der Ferienzeit ziehen immer auch einige Katzen mit ihren Besitzern in die Blockhütten am Lake Winnipeg, einem großen, klaren See inmitten dichter Wildnis. Die einzigen Bewohner dieser menschenleeren Urwelt sind friedliche Schwarzbären, die Abfalltonnen nach Leckerbissen durchwühlen und gelegentlich in Vorratskammern einbrechen – aber derartige Zwischenfälle laufen meist glimpflich ab. Die Kanadier kennen ihre Tiere, wissen, wie sie sich in Krisensituationen zu verhalten haben.

Mit der Katzenliebe der Winnipeger hatte mich auch mein Fahrlehrer vertraut gemacht. Ich besaß keinen Führerschein und ließ mir erst in Kanada einreden, daß ich einen haben müsse. Doch am Steuer nervös, ohne Freude am Fahren, konnte ich mich niemals zur Anschaffung eines Wagens aufraffen. Der Unterricht aber ist mir in angenehmer Erinnerung geblieben.

Schon in der ersten Stunde wurde ich ermahnt, vorsichtig zu fahren, stets damit zu rechnen, daß auf jeder scheinbar freien Straße, hinter jeder Ecke unvermittelt eine Katze auftauchen konnte. »Weil die meisten Autofahrer selbst Katzen haben, achten sie sehr darauf, daß ihnen keine fremden unter die Räder geraten«, erläuterte mir mein Lehrer die sympathische Einstellung seiner Landsleute, die bewirkte, daß in der weitläufigen Stadt mit sechshunderttausend Einwohnern nur wenige Katzen den Verkehrstod starben.

Als Mitfahrer hingegen konnte man sie häufig sehen, insbesondere dann, wenn man an einer Ampel warten mußte. So entdeckte ich eines Morgens auf dem Weg in die Redaktion einen Wagen, in dem ein etwa vierzigjähriger attraktiver Mann mit Pfeife im Mundwinkel saß und liebevoll seinen großen schwarzen Kater betrachtete, der ein rotes Halsband trug, auf dem Nebensitz stand, die Pfoten gegen die Fensterscheibe stemmte und interessiert in den Verkehr blickte. Nach diesem ersten Mal sah ich die beiden öfter – immer um die gleiche Zeit. Später erfuhr ich durch Zufall, daß der Mann den Kater täglich mit ins Büro nahm.

Chico, der Kater von Tanjas Schwester, war ebenfalls ein Autofan und deshalb meist dabei, wenn Natascha zu Besuch kam. Wassinka trat ihm, ganz Herr des Hauses, im Flur entgegen, sprach ihn mit einem klangvollen »Rurrr« an, beide berührten einander mit den Nasen, gingen dann einträchtig in die Küche, wo Tanja einige Leckerbissen bereitgestellt hatte, und stets ließ Wassinka seinem Gast am Futternapf den Vortritt. Chico wurde offenbar nicht als Eindringling oder Rivale gewertet.

Freundlich begegnete Wassinka auch dem kleinen Hund, den Natascha ab und zu mitbrachte. Hunde sind in Winnipeg seltener als Katzen. Einmal erschwert das Klima mit extrem langen und harten Wintern die Hundehaltung; zum anderen muß einem Hund ein Mindestmaß an Erziehung verabreicht werden, auch zu seinem eigenen Wohlbefinden. Dem aber steht das gewisse Laissez-faire der Kanadier in Erziehungsfragen entgegen. Kinder, Katzen und Hunde leben weitgehend am langen Zügel – was allen Katzen, vielen Kindern, doch nur wenigen Hunden bekommt.

Frei von jeglicher Pflicht zum Gehorsam, meist sich selbst überlassen, sah ich viele allein durch die Straßen streunen, auch in Verkehrszentren. Hündinnen wurden häufig von mehreren Rüden, manches Mal von einem ganzen Rudel, gejagt und sexuell traktiert. Die Folgen solcher Gewaltaktionen zeichneten sich nicht gerade durch Schönheit aus – im Gegensatz zu den Katzen, die aus freiwilligen individuellen Partnerschaften hervorgegangen waren: In unterschiedlichsten Farben, überwiegend halblanghaarig, mit großen spitzen Ohren über scharf konturierten Dreiecksgesichtern, aus denen goldene, hellblaue oder lichtgrüne Augen blickten, waren diese »Kinder der Liebe« für meinen Geschmack das Nonplusultra.

In den meisten Familien als Mitglieder integriert, hatte die Mehrzahl der Katzen nicht die geringste Scheu vor Menschen. Ging man winters die Straßen hinunter, sah man immer wieder Katzen, die vor ihren Haustüren saßen und Vorübergehende »baten«, sie hineinzulassen, was jedermann tat. Die Türen waren tagsüber ohnehin nie verschlossen.

Überrascht hatte uns anfangs auch, daß zahlreiche Katzen sich Menschen, die ihnen sympathisch waren, zu Spaziergängen anschlossen. Ich bin unzählige Male mit zwei oder drei Katzen durch die Gegend gezogen. Irgendwo verlor sich dann die eine, dafür tauchte eine andere auf und begleitete mich. Begegneten wir, was nicht oft geschah, einem herumwandernden Hund, schlug der meist einen Bogen um die Katzen, die ihn ihrerseits nur mit einem Seitenblick streiften. Zu Zusammenstößen zwischen Hund und Katze kam es selten.

Wassinka hatte, wie Tanja erzählte, Hunden immer Sympathie entgegengebracht. Sein ältester Freund war ein Schäferhund aus der Nachbarschaft. Die beiden liefen sich täglich über den Weg, und immer ging Wassinka auf den Hund zu, stupste ihn mit dem Kopf, und der Hund wedelte – sichtlich erfreut. Auch vor fremden Hunden zeigte der Kater keine Furcht, und wir haben niemals gesehen, daß einer auf seine Annäherung hin feindselig reagiert hätte. Fremden Menschen gegenüber war Wassinka viel vorsichtiger: Er ließ sich nur im Haus – und selbst dort nicht von jedem – streicheln.

Freies Umherschweifen gewöhnt, waren die Katzen auch in den Wintern, die sich gewöhnlich von Oktober bis in den Mai hineinzogen, nicht zu bewegen, drinnen zu bleiben. Insbesondere mittags, wenn die Sonne ein wenig wärmte, bummelten sie die Bürgersteige entlang oder arbeiteten sich zielbewußt in großen Sprüngen durch den hohen Schnee; weil sie darin immer wieder völlig verschwanden, konnten wir manches Mal nur raten, welche unserer Bekannten da gerade unterwegs waren.

Mit einem glänzenden Einfall hatte Wassinka schon in seinem ersten Winter das Problem gelöst, draußen sein zu können und dennoch keine kalten Pfoten zu bekommen: Sobald Tanja die Schneeschippe ergriff, um den Weg von der Haustreppe zur Straße und vom Basement zur Garage freizuschaufeln, lief er herbei, sie bückte sich, er sprang sie von hinten an, kletterte auf ihre rechte Schulter, hakte die Krallen in den Mantel und thronte dort oben, bis Tanja fertig war.

Nach Sonnenuntergang jedoch, wenn der Eishauch die Luft erstarren ließ und der Kater sich nicht zu Hause befand, trat Sergej vor die Tür und rief so lange, bis er auftauchte, naß, kalt, aber immer guter Laune. Einmal allerdings, als Tanja und Sergej weggefahren waren, ohne daß er sich eingefunden hatte, und meine Mutter später als gewöhnlich nach Hause kam, sah sie im frisch gefallenen Schnee eine Unzahl kleiner Spuren, die rund um das Haus verliefen: Der ausgesperrte Wassinka war, um sich warm zu halten, wie ein Hippodrompferd im Kreise getrabt.

Wenn er hereinkam, steuerte er sofort auf die wärmste Stelle in der Wohnung zu, den breiten Heizkörper im Wohnzimmer, auf dem ein schmaler, dicker Teppich für ihn lag, sprang hinauf, streckte sich aus und blieb für mindestens zwei Stunden liegen.

An einem solchen Abend in unserem zweiten Winter – ich saß in Tanjas Wohnzimmer und blätterte in Zeitschriften, die Außentemperatur war auf vierzig Grad gesunken – sprang er auf seinen Platz, legte sich aber nicht hin, sondern ging langsam auf und ab, der Schwanz zuckte unruhig; dann sprang er hinunter, tigerte zu Tanja, die in der Küche bügelte, ich hörte sein lautes Miau und ihre Frage, sein wiederholtes drängendes Miau, sah ihn in der Küchentür stehen, bis Tanja das Eisen ausschaltete und ihm folgte.

Schnurstracks führte er sie zu seinem Platz, sprang hinauf, hob nacheinander die Vorderpfoten, sah sie an, miaute. Tanja berührte die Heizung, sie war nur noch lauwarm. Alarmiert prüfte sie die anderen Heizkörper: Sie waren schon fast kalt – und sie hatte vergessen, Heizöl zu bestellen. Sie lief zum Telefon. Eine halbe Stunde später traf der Nachschub ein – in letzter Minute. Es war empfindlich kalt geworden und in den Wasserrohren knackte es bereits.

Nachdem die Öllieferanten fort waren, hielt Tanja Wassinka eine Lobrede und servierte ihm ein Schnitzel, das er mit Appetit verzehrte, bevor er sich, nun wieder zufrieden, auf seinen Lieblingsplatz zurückzog.

Daß er im Frühjahr und im Herbst manchmal tagelang nicht heimkam, damit hatten Tanja und Sergej sich abgefunden, wenn auch Sergej jedesmal in großer Sorge war. Einmal aber, unsere Winnipeger Zeit neigte sich dem Ende zu, schien er endgültig verlorengegangen zu sein.

Tanja hatte, wie stets an zwei Abenden in der Woche, den Wagen vors Haus gefahren, wir wollten im Einkaufszentrum außerhalb der

Stadt Besorgungen machen; meine Mutter war bei Bekannten.

In lebhafter Unterhaltung begriffen, fuhren wir los. Doch als ich auf dem riesigen Platz die Autotür öffnete, sprang zu meinem Schrecken Wassinka heraus, sah sich um und schlüpfte unter den nächststehenden Wagen. Tanja rief ihn mehrmals, aber er kam nicht, und plötzlich hatten wir ihn aus den Augen verloren.

Über zwei Stunden lang suchten wir das ganze Gelände ab; er blieb verschwunden. Da es zum Einkaufen inzwischen zu spät geworden war, und uns der Sinn auch nicht mehr danach stand, gingen wir zum Auto zurück, stiegen ein und fuhren durch die Dunkelheit über den leeren Highway bedrückt nach Hause.

Tanja wußte, wie viele Vorwürfe Sergej ihr machen würde; er hatte sie immer ermahnt, niemals zu starten, ohne sich überzeugt zu haben, daß Wassinka nicht im Wagen war, »und ich habe es wieder vergessen«, sagte sie unglücklich. Mich quälte der Gedanke, daß wir ihn vielleicht niemals wiedersehen würden. Noch lange nach Mitternacht hörte ich Tanja und Sergej laut miteinander reden. Am nächsten Morgen wurde eine Verlustanzeige aufgegeben, in den darauffolgenden Tagen mehrmals wiederholt – ohne Ergebnis . . .

Nach Ablauf von zwei Wochen, wir hatten alle

Hoffnung aufgegeben, blickte meine Mutter gegen Abend zufällig aus dem Fenster – und rief laut: »Wassinka kommt!« Ich rannte die Treppe hinunter, riß die Haustür auf, im gleichen Moment bog er in den Garten ein; Sergej, der an meine Seite getreten war, nahm ihn hoch, drückte ihn an sich; meine Mutter und Tanja strahlten.

Leider hat er uns nicht verraten, was er auf seinem meilenweiten Heimweg erlebt hat. Es wäre sicherlich Stoff für eine lange, spannende Geschichte gewesen.

Leo und Lena – die Zeitungskatzen

*D*er »Courier«, unser Arbeitsbereich, lag am Nordrand von Winnipeg. Um den langgestreckten Flachbau, von dem die schmutzig-weiße Farbe immer mehr abblätterte, gruppierten sich verstreut einige armselige Holzhütten mit winzigen Vorgärten, Behausungen von Indianern, für deren Lebensunterhalt die Wohlfahrtsverbände aufkamen. Halbverwilderte Hunde und magere scheue Katzen strichen um Abfalltonnen, die überall herumstanden.

Die Indianerkinder, mangelhaft bekleidet zwar, aber weder unterernährt noch verwahrlost, spielten im Staub der Wege zwischen den Hütten oder verloren sich auf dem großen unbefestigten Gelände, das abrupt an einem der riesigen Weizenfelder endete, die schnurgerade bis zum Horizont verliefen, vor dem sich als schmale dunkle Linie der undurchdringliche Busch, die menschenfeindliche Wildnis, entlangzog.

Wir hatten unsere Tätigkeit gerade aufgenommen, und ich plagte mich mit einer schwierigen Übersetzung ab, als ich aus dem Großraumbüro, durch einen kleinen Flur von meinem Zimmer getrennt, lebhaftes Stimmengewirr vernahm. Neugierig geworden, ging ich den Stimmen nach.

In der Mitte des Raumes stand ein etwa achtjähriger Indianerjunge, in den Händen eine wenige Monate alte Katze, die er, wie ich den Wechselreden etwas mühsam entnahm, »den Zeitungsleuten« schenken wollte. Alle anderen des Wurfs habe sein Vater getötet, »weil wir schon fünf haben«, diese aber, »die intelligenteste«, habe er rechtzeitig beiseite gebracht und zusammen mit der Mutterkatze heimlich aufgezogen. Sie solle am Leben bleiben. Mit einer flehenden Geste hielt er das kleine Tier hoch ...

Ohne zu überlegen trat ich rasch auf ihn zu, nahm ihm die Katze ab, bedeutete ihm in stolperndem Englisch, daß wir sie behalten würden. In seinen schräg geschnittenen schwarzen Augen im rotbraunen Gesicht leuchtete es sekundenlang auf; er verbeugte sich kurz, ging ein paar Schritte rückwärts, warf sich herum, stürmte hinaus. Gleich darauf hörten wir die Haustür ins Schloß fallen.

Ich setzte die kleine Katze hinunter, sie sah sich neugierig um, entdeckte ein Papierknäuel, trieb es mit Pfotenschlag über den Fußboden. Die Gesichter der Umstehenden entspannten sich, in den meisten zog ein Lächeln auf. Chefredakteur Frank R. konstatierte: »O.k., nun haben wir also eine Katze. Taufen wir sie.«

Die Geschäftsführerin eilte in die Küche, holte eine Flasche Sekt, die Sekretärin schaffte Gläser herbei, der Rest der zehnköpfigen Belegschaft versammelte sich, die herumtollende Katze wurde eingefangen, einer Untersuchung unterzogen, wobei sich herausstellte, daß sie ein Kater war, mit ein paar Tropfen Sekt benetzt und Leo getauft. Doch weil er uns noch zu jung schien, die Nächte allein zu verbringen, erklärte sich die Anzeigenleiterin bereit, ihn vorübergehend abends und an den Wochenenden mit nach Hause zu nehmen.

Leo wuchs zusehends. Körperbau und Pfoten verrieten, daß er groß und kräftig werden würde, sein schwarzweißes Fell war weich und dicht, die hellgrünen Augen dunkelten nach. In Kürze hatte er uns alle am Bändel. Wer von ihm angesprochen wurde, ließ seine Arbeit liegen, hob ihn auf die alten Zeitungsbände, wo er seine Zwischenschläfchen halten wollte, verabreichte ihm die erwünschten Streicheleinheiten oder bastelte ihm ein neues Spielzeug, für das er immer Bedarf anmeldete.

Daß er Telefonhörer aus den Gabeln warf, Anzeigenmanuskripte in den Papierkorb beförderte, Kugelschreiber verschleppte, Farbbänder aus den Schreibmaschinen zog, auf hellen Röcken schwarze Stapfen hinterließ, weil er zuvor in der Montage über die Bleisatzschiffe gestiefelt war, gehörte zum Alltag und wurde hingenommen – manchmal mit ärgerlichen Ausrufen, häufiger mit einem Lachen. Sein Einfallsreichtum war beachtlich, Proben seiner Intelligenz lieferte er täglich – eine davon war das Öffnen der Schwingtür, die das Großraumbüro teilte.

In den ersten Wochen hatte er sich immer vor die Tür gesetzt und so lange miaut, bis jemand aufgestanden war und die Tür angestoßen hatte, so daß er hindurchschlüpfen konnte. Eines Tages aber schien er entschlossen, selbständig zu werden.

Zuerst versuchte er, mit der rechten Pfote die Tür aufzudrücken – sie rührte sich nicht. Dann preßte er den Kopf dagegen, sie bewegte sich zwar, fiel aber sofort wieder zurück. Schließlich stemmte er sich seitlich dagegen, sie gab nach, er drückte weiter und glitt dann so schnell hindurch, daß sie beim Zurückschlagen nicht einmal seinen Schwanz streifte. Einige Minuten später bewegte sie sich erneut – und Leo tauchte von der anderen Seite auf.

Wir klatschten begeistert. Leo blickte erstaunt von einem zum andern. Dann begriff er, daß wir seiner Leistung Beifall zollten, setzte sich, kniff beide Augen zu und ließ die Lobesworte genußvoll über sich ergehen.

Die Schwingtür war das einzige Hindernis gewesen, das seiner Bewegungsfreiheit innerhalb des Hauses Grenzen gesetzt hatte. Alle anderen Türen standen immer offen, und nach draußen konnte er jederzeit durch die Fenster, die erst verschlossen wurden, als die Temperaturen stürzten. Und während Schneestürme das Haus umtobten, eisige Kälte durch die kleinste Öffnung drang, lebte sich Leo im weitläufigen Terrain des Hauses ein.

Doch sooft er durch alle Räume unterwegs war, sooft er sich in der Montage oder in den Kammern herumtrieb, in denen Papier und andere Materialien für die Zeitungsherstellung lagerten: eine Maus schien er niemals zu fangen, obwohl die Mäuse handfest demonstrierten, daß sie da waren. Papier wurde angefressen, auf dem Küchenbord vergessener Käse beknabbert, Brotscheiben wiesen Löcher auf. Der Chefredakteur beschloß, Leo ein Kolleg über seine Pflichten zu halten.

Als der Kater wieder einmal an ihm vorüberschlenderte, ergriff er ihn, trug ihn in sein Büro, ich ging ihm nach, er setzte ihn auf den Schreibtisch, ich stand in der Tür, er redete eindringlich auf ihn ein.

Leo blickte ihn einige Minuten aufmerksam an. Dann gähnte er, sprang hinunter, tigerte zur Schwingtür, stieß sie auf und entschwand. Ich fühlte mich bemüßigt, dem Chefredakteur zu erklären, daß nicht alle Katzen Mäuse fingen, daß manche andere Interessen hätten – kam damit aber nicht so recht an. Frank R. konterte, auch er habe andere Interessen und redigiere trotzdem schlechte Manuskripte, was mindestens so mühsam sei, wie Mäuse zu fangen. Doch ehe er sich weiter in Berufsgrundsätzlichkeiten verlieren konnte, zog ich mich unauffällig zurück.

In meinem Zimmer fand ich Leo vertieft in eine Tätigkeit vor, die dem Metteur zwei Überstunden aufzwingen würde: Er zerfetzte genießerisch die letzte aller Korrekturfahnen für die kommende Ausgabe, die ich im Vorübergehen auf den Tisch geworfen hatte.

In der Nacht darauf veranstalteten die Mäuse offensichtlich eine Party: Als wir am nächsten Morgen eintrafen, fanden wir Mäusekot in der Küche und auf einem der Schreibtische ein angeknabbertes Handbuch, unser wichtigstes Nachschlagewerk. Der Chefredakteur fluchte, Leo war nirgends zu entdecken. Erst eine Stunde später tauchte er auf und begehrte sein Frühstück. Der Chefredakteur sollte künftig noch häufiger fluchen – die Mäuse blieben weiterhin unbehelligt.

Statt dessen verlegte sich Leo, als der Winter langsam wich, auf das Fangen von Vögeln, genauer gesagt von Drosseln, deren Verhalten allerdings auch dazu angetan war, selbst die langmütigste Katze zu provozieren; denn wenn er sich auf einer schneefreien Stelle in der Nähe des Hauses sonnte, sausten sie zeternd immer wieder im Sturzflug über ihn hinweg.

Anfangs nahm er nicht viel Notiz davon. Als sie es aber immer ärger trieben, langte er einmal mit den ausgefahrenen Krallen der rechten Pfote hin, erwischte eine, biß zu – und dieses Erlebnis mußte seinen schlummernden Raubtierinstinkt geweckt haben. Von jenem Tag an sah ich ihn gezielt auf Vogeljagd gehen.

Er legte sich in einen Hinterhalt, wartete reglos, bis ein paar Drosseln in seiner unmittelbaren Nähe trippelten, sprang – und hatte häufig Erfolg. Im Laufe der Zeit wurden seine flachen Sprünge höher, kraftvoller, er schraubte sich wie eine Spirale in die Luft und packte die Vögel im Flug – während sich die Mäuse weiterhin eines ungetrübten Daseins erfreuten.

Sein indianischer Freund, der den Kontakt zu ihm nicht abgebrochen hatte, schien auf Leos Tüchtigkeit stolz zu sein: Ich sah ihn den Kater loben und streicheln, wenn er Beute gemacht hatte.

Uns hingegen mißfiel dieser regelmäßige Vogelmord, doch wir wußten, daß er nicht zu unterbinden war. Zwar kommt es relativ selten vor, daß sich eine Katze auf Vögel spezialisiert; tut sie's aber, ist es ihr nicht mehr abzugewöhnen. Man kann sie nur zur Wohnungskatze umfunktionieren, sie konsequent im Haus halten.

Diese Maßnahme wurde auch in unserem Kreis erörtert, aber von der Mehrheit als Tierquälerei abgelehnt, weil die meisten Katzen, die von frühesten Tagen an frei umherschweifen, später kaum noch problemlos auf Räume zu beschränken sind – und bei Leo kam die Abstammung von verwilderten Indianerkatzen und eine ausgeprägte Jagdleidenschaft hinzu.

Daß wir mit unserer Entscheidung sein Ende vorprogrammiert hatten, ändert nichts daran, daß ich sie noch heute für richtig halte. Leo war für die Freiheit geboren – das sagte ich mir auch dann noch, als Frank R. und ich ihn fanden, einige Wochen nach unserer Grundsatzdebatte.

Wir waren mittags aus dem Haus getreten, um ein wenig Luft zu schöpfen – den Kater hatten wir den ganzen Morgen nicht gesehen – und wurden sofort auf schrilles, aggressives Vogelgeschrei aufmerksam. Der Richtung des Lärms folgend, stießen wir hinter dem Haus auf eine Szene, die so widerlich war, daß sie mir noch immer in aller Schärfe gegenwärtig ist.

Etwa ein Dutzend Drosseln umflatterten Leo, der bewegungslos auf der linken Seite lag, mit offenen Augen, in die einige Vögel hackten – und mit einer lang ausgestreckten, gekrümmten rechten Vorderpfote, als habe er bis zum letzten Moment versucht, sich seiner Peiniger zu erwehren.

Wir verscheuchten die lärmende Horde, ich nahm den Kater auf, nur seine Augen waren verletzt.

Der Chefredakteur beugte sich über ihn, deutete auf Spuren grünen Schaums an den Lippen, meinte: »Sieht aus wie irgendein verdammtes Gift«, seufzte: »Schade um ihn, wir hätten vielleicht doch versuchen sollen, ihn im Haus zu halten.«

Ich schüttelte den Kopf: »Er hätte es nicht ertragen.«

Frank R. sah mich nachdenklich an: »Wahrscheinlich haben Sie recht.« Er strich über Leos weiches Fell und sagte nach ein paar Minuten des Schweigens: »Wir begraben ihn heute nachmittag. Sie können schon eine Kiste suchen.«

Ich trug die Katze ins Haus, er folgte mir langsam.

Noch niemals war es in der Redaktion so still gewesen. Aus dem Großraumbüro drang nur das Klingeln des Telefons zu mir, kein lautes Wort, kein Lachen. Ich saß am Schreibtisch und schob Manuskripte von einer Seite auf die andere . . .

Gegen siebzehn Uhr versammelten wir uns hinter dem Haus, keiner fehlte, der Setzer hob eine Grube aus, stellte die geschlossene Kiste hinein, schaufelte zu; einige Augenpaare wurden feucht, die Sonne strahlte auf den kleinen Hügel hinunter, der bald von wilden Blumen überwuchert sein würde.

Ein wenig abseits von uns stand unbewegten Gesichtes Leos indianischer Freund, der ihm immerhin ein knappes Jahr schönen Lebens hatte verschaffen können.

In den nächsten Tagen hing ein unsichtbarer Trauerflor über dem Zeitungsgebäude. Leo fehlte uns allerorten, auch sein Unfug fehlte uns. Der Gedanke an eine neue Katze machte die Runde, doch ehe er Gestalt annehmen konnte, hatte der Zufall eingegriffen – in welcher Form, das erzählte mir meine Mutter zwei Wochen nach Leos Tod abends beim Tee.

Am Morgen hatte es unerwartet noch einmal zu schneien begonnen. Am Nachmittag, es schneite noch immer, nur einige Indianerkinder tobten draußen herum, hatte ich die Redaktion verlassen, um einen dienstlichen Termin wahrzunehmen. Meine Mutter war länger im Büro geblieben, weil sie noch ein paar Dinge aufarbeiten wollte.

Nach und nach verabschiedeten sich die Kollegen, der letzte ging gegen achtzehn Uhr. Eine halbe Stunde später war sie fertig, »und als ich die Haustür öffnete, stolperte ich beinahe über eine kleine Tigerkatze. Sie kauerte im Winkel der Tür, suchte wohl Schutz vor dem Wetter.« Kaum hatte meine Mutter die Tür geöffnet, glitt die Katze ins Haus.

Meine Mutter folgte ihr und fand sie schließlich in der Küche, in Leos gepolsterter Holzkiste nahe beim Herd, wo er oft und gern gelegen hatte; sie nahm sie hoch, sah sie an: Die Katze war naß, struppig, schmutzig, die weißen Pfoten waren wund gelaufen, »und außerdem ist sie trächtig«.

»Dann müssen wir sie behalten«, sagte ich kategorisch.

Meine Mutter nickte und fuhr in ihrem Bericht fort. Sie hatte Leos Sandschüssel gefüllt, ein Schälchen mit Wasser bereitgestellt, Schinken aus dem Kühlschrank genommen, ihn angewärmt, »und die Katze hat sich darauf gestürzt, als hätte sie seit Tagen nichts in den Magen bekommen. Dann ist sie in die Kiste gestiegen und hat sich ausgestreckt. Als ich ging, schlief sie fest. Sie muß völlig erschöpft gewesen sein.«

Am nächsten Morgen machten wir uns früher als gewöhnlich auf den Weg in die Zeitung. Vorsichtig schloß ich die Tür auf, in der Sorge, die Katze könne dahinter sitzen und hinauslaufen; aber sie war nicht da. Ohne die Mäntel abzulegen, gingen wir in die Küche. Sie saß in der Kiste, stieg aber sofort heraus, als wir eintraten und strich uns mit einem hellen »Miau« um die Beine.

»Sie sieht schon viel besser aus«, konstatierte meine Mutter zufrieden.

Ich setzte mich auf den Küchenboden, hielt der Katze die rechte Hand hin, sie schnupperte, rieb sich an mir. Meine Mutter reinigte den Sandkasten, füllte ihn neu und nahm Leberwurst aus dem Kühlschrank, was der Findling mit Schnurren quittierte.

Allmählich trafen nacheinander die Kollegen ein, und jeder begutachtete die Katze. Einige sprachen sich dafür aus, sie zu behalten, andere meinten, man solle ihr die Haustür öffnen, damit sie heimgehen könne; vielleicht werde sie vermißt. Die Katze aber wußte genau, was sie nicht wollte: Sie wich vor der offenen Haustür zurück, lief wieder in die Küche und stieg in die Kiste. Dieses Verhalten ließ darauf schließen, daß sie ein schlechtes oder gar kein Zuhause gehabt hatte, und den wundgelaufenen Pfoten nach zu urteilen, mußte sie einen weiten Weg zurückgelegt haben.

Ihre Entscheidung wurde akzeptiert, sie erhielt den Namen Lena – und Asyl. Einer werdenden Mutter – darüber waren sich alle einig – konnte man ein Dach über dem Kopf nicht verweigern.

Lena hatte ein freundliches und zutrauliches

Wesen, war aber weder so einfallsreich noch so intelligent wie Leo. So lernte sie niemals die Schwingtür zu öffnen, obwohl wir es ihr viele Male zeigten. Dafür war sie überaus verschmust, lag stets auf irgendeinem Schoß, so daß jeder von uns sich daran gewöhnen mußte, seine Arbeit in ziemlich unbequemer Haltung zu tun. Stand einer auf, reichte er die Katze an den Nächsten weiter. Mit Ankunft ihrer Jungen war, ihrem Erscheinungsbild nach, in Kürze zu rechnen.

Eine Woche später war es soweit. Nachdem Lena den ganzen Tag über umhergewandert war, Schränke und Schubladen geöffnet haben wollte, zog sie sich gegen achtzehn Uhr in die Küchenkiste zurück. Von dort hörten wir ihren hellen Ruf, und als wir nach ihr schauten – in Minutenschnelle hatten sich alle eingefunden –, war das erste Junge da. Drei weitere folgten.

Die Kätzchen, die uns Lena beschert hatte – zwei schwarze mit je einer weißen Vorderpfote und zwei getigerte – sollten sich zu ungewöhnlich hübschen Exemplaren der Gattung Kurzhaar entwickeln. Die vierfache Mutter schnurrte zufrieden, säugte ihren Nachwuchs, und die Anzeigenleiterin kümmerte sich um ihr leibliches Wohl: Sie bereitete ihr ein üppiges Mahl aus gehacktem Fleisch und rohem Eigelb.

Abwechselnd übernahmen von nun an alle Belegschaftsmitglieder die Betreuung der Katzenfamilie, inklusive der notwendigen Ansprachen, und Lena genoß es, im Mittelpunkt zu stehen.

Als die Jungen kräftig genug waren, aus der Kiste hinauszugelangen, tollten sie zuerst in der Küche, dann in allen für sie erreichbaren Räumen herum. Wie jung Lena war, wurde offensichtlich, wenn man sie im Umgang mit ihrem Nachwuchs beobachtete: Sie trug für die Kleinen Papierknäuelchen herbei und spielte selbst damit. Wir kauften Murmeln und Bälle für die ganze Familie und entzückten uns an dem Anblick von fünf begeisterten Katzen. Arbeitsintensität und Konzentration ließen in diesen Wochen rapide nach; selbst Frank R. tauchte immer wieder auf, um den Katzen zuzusehen.

Im dritten Lebensmonat der Jungen berief der Chefredakteur eine Konferenz ein, in der die Zukunft der Katzenkinder geklärt werden sollte. Sie führte zu dem Ergebnis, daß jedes ein Zuhause bei einem Belegschaftsmitglied fand. Lena wurde sterilisiert und blieb in der Redaktion – womit das süße Leben der Mäuse ein jähes Ende hatte.

Nicht mehr vom Überlebenskampf und von Mutterpflichten in Anspruch genommen, räumte sie unter den Nagern so gewaltig auf, daß das Gelände in Kürze mäusefrei war. Für Vögel zeigte sie kein Interesse – nicht einmal für den einen, der sich ins Haus verirrte.

Sie blieb menschenfixiert, zärtlich und anmutig; die Umgebung außerhalb des Hauses bedeutete ihr nichts, sie betrat sie auch dann nicht, wenn die Haustür offenstand. Ihre gesamten Außenkontakte beschränkten sich auf Autofahrten von der Zeitung zur Wohnung der Anzeigenleiterin; dort verbrachte sie immer die Wochenenden.

An jedem Montagmorgen aber stiefelte sie erkennbar glücklich durch alle Räume und begrüßte jeden einzelnen mit ausgiebigem Schnurren. Fehlte einer, setzte sie sich vor den Stuhl des Abwesenden und äußerte miauend ihr Mißfallen. Wir kamen uns allmählich wie eine Schafherde vor, die von einem wachsamen Hütehund umkreist wurde, und bei jedem stellte sich zunehmend das Gefühl ein, er müsse sich für Krankheits- oder Ferientage geradezu entschuldigen. Lena hatte sich auf sanfte Weise durchgesetzt.

In ihrer freiwilligen Beschränkung auf Menschen und Räume ging sie einer gesicherten Zukunft entgegen, zufrieden, ohne Verlangen nach den Abenteuern der Freiheit, während auf Leos Grab wilder Mohn wucherte, der Wind durch die Gräser strich, die Sonne den Tagen Dauer und Glanz verlieh ...

Enemy – die rätselvolle Existenz

*L*ebensspuren nachzugehen, heißt immer auch erklären und deuten. Das ist bei Menschen möglich, bei Katzen nur bedingt. So bleiben vor allem in Enemys Biographie wesentliche Fragen offen, müssen Mutmaßungen an die Stelle von Fakten treten.

Aber ist es nicht gerade die Aura des Rätselhaften, die Katzen in den Augen zahlreicher Menschen so faszinierend macht? Haften in der Erinnerung nicht am stärksten unerklärliche oder als ungewöhnlich eingestufte Verhaltensweisen? Bei Enemy gab es deren viele ...

Seine ersten Schritte in unser Leben erfolgten schon bald, nachdem wir bei Tanja und Sergej eingezogen waren. An einem sonnigen Septembertag sahen wir einen auffallend großen und schön proportionierten Kater von der Straße aus das Grundstück betreten. Er ging so langsam, daß wir ihn in Ruhe betrachten konnten – das schimmernde Weiß der langen, kräftigen Vorder- und Hinterbeine, das Mausgrau des Schwanzes, das sich in der Rückendecke fortsetzte, zwischen den Ohren teilte und auf beiden Seiten gleichmäßig unter den bernsteinfarbenen Augen verlief. Der untere Teil seines Gesichtes, der Hals, die breite Brust, der Bauch waren weiß. Er wirkte in Gestalt und Zeichnung so vollkommen, als habe ihn ein Künstler modelliert.

Seine Bewegungen entsprachen der Harmonie seines Äußeren. Wir haben ihn weder an jenem Tag, noch an den zahlreichen Tagen danach kaum jemals rennen oder auch nur schnell laufen sehen. Er bewegte sich gemessen und ohne die geringste Schreckhaftigkeit. Er strahlte Sicherheit und Gelassenheit aus.

Während wir ihn anblickten, hatte er sich nach rechts gewandt, war über den Rasen geschlendert und in der Hecke verschwunden, die den Garten nach allen Seiten hin begrenzte und jeden Einblick in das Grundstück verwehrte.

Kurze Zeit darauf kam Wassinka aus dem Haus, sprang auf die linke der beiden Brüstungen, die die Steintreppe einfaßten, stieg auf das große Roßhaarkissen, das dort für ihn lag, ließ den Blick schweifen, fixierte die Hecke; dann glitt er hinab, ging in Richtung des Platzes, an dem Enemy liegen mußte, streckte den Kopf ins Gestrüpp; gleich darauf vernahmen wir sein halblautes »Aaauuh«, das in dumpfes Grollen überging. In der Hecke rührte sich nichts.

Das Grollen schwoll an, ebbte ab. Etwa zwei

Minuten später streckte sich ein grauweißer Kopf aus der Hecke, Hals und Brust wurden sichtbar, zwei lange weiße Pfoten, und im Zeitlupentempo schob sich der ganze Enemy heraus, bis er auf dem Rasen stand – vor dem wütend aufheulenden Wassinka, dessen Schwanz über das Gras fegte.

Ich beugte mich aus dem Fenster, gespannt, was weiter geschehen würde, und nicht wissend, daß ich Zeuge eines Auftritts war, der sich schon unzählige Male abgespielt hatte und sich noch unzählige Male wiederholen sollte: Der friedliche Enemy, der, von dem gereizten Wassinka herausgefordert, aus der Hecke auftauchte, den Rivalen betrachtete, sich setzte, darauf zu warten schien, daß der andere sein feindseliges Gehabe einstellte, was der dann auch irgendwann tat, woraufhin Enemy sich umdrehte und erneut in der Hecke verschwand, während Wassinka sich langsam entfernte.

Die Szene sei längst »ritualisiert«, erklärte Tanja, als wir sie am Abend im Garten darauf ansprachen. Wassinka betrachte den Großen seit jeher als seinen speziellen »Enemy« (Feind). Allerdings sei es noch niemals zu Tätlichkeiten zwischen beiden gekommen. Wassinka drohe zwar jedesmal, greife aber nicht an. Wahrscheinlich wolle er den Jüngeren – sie schätzte ihn auf etwa drei Jahre – nur vertreiben, wie er jede Katze von seinem Grund und Boden fernhalten wolle, und bei allen anderen habe er damit auch Erfolg, nur bei Enemy nicht.

Auf meine Frage, wem der schöne Kerl gehöre, zuckte sie die Achseln: »Keine Ahnung. Er ist vor zwei Jahren aufgetaucht und hat sich in der Hecke etabliert. Vielleicht haben seine Leute hier irgendwo gewohnt, sind später weggezogen und haben ihn zurückgelassen – oder er ist von selbst zurückgekommen, weil ihm die neue Gegend nicht gefallen hat, so was kommt öfter vor. Beim ersten Schnee ist er übrigens verschwunden, das ist auch so merkwürdig.«

Sie habe den Kater ausgesprochen gern, fügte sie hinzu, füttere ihn auch häufig, müsse das aber heimlich tun, weil Sergej ihn »weghaben« wolle, Wassinkas wegen. Er fürchte ständig, daß es einmal zu einem Kampf kommen würde, bei dem Wassinka, als der weitaus Schwächere, schwer verletzt werden könnte, und deshalb verjage er Enemy immer, wenn er im Garten auf ihn treffe. Der aber ginge nur ein paar Schritte auf die Straße, warte, bis Sergej wieder im Haus sei, und kehre dann zurück. Sie lächelte verschmitzt: »He is smart.«

Ich begann Komplikationen zu ahnen. Ich mochte Sergej, konnte mir aber vorstellen, wie er reagieren würde, wenn er Wassinka bedroht wähnte. Dennoch war ich entschlossen, Mittel und Wege zu finden, Enemy näher kennenzulernen.

In den folgenden Wochen sahen wir ihn nur flüchtig, und als Ende Oktober Schneefall einsetzte, gar nicht mehr. Zwar erblickte ich ihn in den Wintermonaten ab und zu einmal von ferne, aber er kam nicht in den Garten, nicht einmal in den Umkreis des Hauses. Unsere nähere Bekanntschaft mit ihm vollzog sich erst an einem Sonntag im April 1967.

Tanja und Sergej waren zwei Tage zuvor fortgefahren, hatten Wassinka unserer Obhut übergeben. Er war gefüttert und wanderte im Haus herum. Ich griff nach dem späten Frühstück zu einem Buch, zog mich damit in mein Zimmer zurück, warf im Vorübergehen einen Blick aus dem Fenster – und war elektrisiert: Auf der Steintreppe in der Sonne saß Enemy. Ich rief meine Mutter, wir liefen die Treppe hinunter, ich öffnete die Haustür. Enemy wandte den Kopf, seine bernsteinfarbenen Augen musterten uns.

Ich sah meine Mutter an, sie nickte, ich nahm den Kater hoch, wir traten ins Haus, Wassinka war nicht zu sehen: vermutlich hielt er sich im Basement auf. Wir gingen in unsere Wohnung.

Als ich Enemy abgesetzt hatte, blickte er sich um, schlenderte in mein Zimmer, kehrte ins Wohnzimmer zurück, betrachtete Möbel und Gegenstände und fand sich schließlich in der Küche ein; meine Mutter hatte inzwischen gekochtes Fleisch aus dem Kühlschrank genommen und aufgewärmt. Sie stellte es in einem Schüsselchen auf den Boden.

Er sah sie an – etwas unsicher, wie mir schien. Erst nach der zweiten Aufforderung trat er näher und begann zu essen. Der Ausdruck »essen« bedeutet in diesem Falle keine Vermenschlichung, weil der Kater das Fleisch so langsam und gesittet verzehrte, daß das Wort »fressen« eine Vergröberung wäre. Ein wenig verdünnte Milch schloß das Mahl ab.

Zu dritt begaben wir uns dann ins Wohnzimmer. Meine Mutter holte ihr Nähzeug, ich setzte mich auf die Couch und bedeutete Enemy, zu mir zu kommen. Wiederum zögerte er. Ich wartete; nach ein paar Minuten sprang er, stieg vorsichtig auf meinen Schoß, legte sich zurecht, blickte zu mir auf – und begann laut zu schnurren. Vielleicht war es dieser Moment, in dem meine Liebe zu ihm ihren Anfang nahm ...

Beschäftigt mit Enemy, hatten wir Wassinkas Anwesenheit im Haus vergessen und fuhren zusammen, als wir sein tiefes lautes Miau vor der Wohnungstür vernahmen. Enemys Schnurren brach ruckartig ab; er hob den Kopf, blickte zur Tür, stand aber nicht auf. Gleich darauf hörten wir an der Haustür Tanjas lebhafte, Sergejs ruhige Stimme. Sie waren früher zurückgekommen, als wir erwartet hatten.

Wir sahen uns an. Was nun? Drinnen der »verbotene« Enemy, vor der Tür der laut maunzende Wassinka, der Sergejs Aufmerksamkeit wecken, ihn zu Fragen veranlassen würde... »Ich werde versuchen, Wassinka aus dem Weg zu schaffen«, sagte meine Mutter, ging zur Tür, öffnete sie und schob den Kater zurück. Ich hörte sie mit Tanja reden, wenig später war Wassinka wieder da – mit lautem Miau. Ich trug Enemy in mein Zimmer, setzte ihn aufs Bett, beschwor ihn, still zu sein, ließ Wassinka ein.

Er tigerte mit nervös zuckendem Schwanz durch alle Räume, sein Rückenfell war leicht gesträubt, er »murrte«. Offensichtlich hatte er seinen Intimfeind geschnuppert. Schließlich setzte er sich vor die geschlossene Zimmertür und stieß ein halblautes »Aaauuh« aus. Ehe er seine Stimme zu voller Lautstärke erheben konnte, schien es mir geraten, Enemy zu entfernen.

Ich horchte nach unten – meine Mutter war offenbar mit Tanja und Sergej im Wohnzimmer –, ergriff Wassinka, trug ihn ins Basement, sperrte ihn ein, rannte zurück, riß die Zimmertür auf: Enemy lag auf meinem Bett und sah mir entgegen. Ich flüsterte ihm zu: »Mach's gut, bis zum nächsten Mal«, nahm ihn hoch, brachte ihn auf die Straße, ließ Wassinka aus dem Basement, ging nach oben, schloß die Tür hinter mir, trat ans Fenster: Enemy saß im Garteneingang und blickte etwas irritiert.

In den folgenden Tagen sahen wir ihn häufig. Er schritt die Straße hinauf oder hinunter – immer in der Mitte des Bürgersteiges – und wir staunten über seinen Bekanntheitsgrad. Kinder begrüßten ihn, blieben bei ihm stehen, streichelten ihn, Frauen mit Einkaufstaschen sprachen ihn an; er sah zu ihnen auf, ging ihnen kurz um die Beine, wanderte weiter – und die Sonne stieg, verzehrte den Schnee, erreichte schließlich auch seinen Lieblingsplatz in der Hecke, den er täglich aufgesucht hatte, offensichtlich um festzustellen, ob er schon beziehbar war.

Wassinka verschwand, blieb zwei Tage lang verschollen, kehrte verwundet zurück; in den Nächten hörten wir wilde Katzengesänge. Morgens kamen die Kater nacheinander heimgebummelt, um sich von ihren Schlachten auszuruhen und neue Kräfte zu sammeln.

Enemys Leben verlief geruhsamer. Er schien in »festen Pfoten« zu sein, denn er ging regelmäßig mit der zierlichen grauen Tigerkatze aus dem linken Nachbarhaus spazieren; später sahen wir ihn manches Mal in ihrer Abwesenheit bei den vier Jungen, von denen eines exakt seine Farben trug.

Dem kurzen Frühling folgte unvermittelt der

Sommer. Heißer Wind fegte über die gewaltigen Prärieebenen hinweg, wirbelte Milliarden feinster Sandkörner in den Straßen hoch, trieb sie durch Kellergitter, in Fenster, offenstehende Haustüren. Heftige Gewitter, meist in den Nächten, verstärkten die Elektrizität in der Atmosphäre. An den Tagen stiegen die Temperaturen auf über vierzig Grad.

Längst hatte Enemy seinen Platz in der Hecke wieder bezogen, lag dort im dichten Gras vor der Sonne geschützt und nur von Wassinka oder Sergej aufgestört. Beide bemühten sich unablässig, ihn aus dem Garten zu vertreiben. Doch Enemys Langmut war grenzenlos. Niemals ließ er sich provozieren, abschieben aber ließ er sich auch nicht. Rückte ihm Sergej zu dicht auf den Pelz, wich er aus; war Sergej seiner Wege gegangen, kehrte er zurück.

Wir hatten ihn seit jenem Apriltag immer wieder einmal – an Wassinka und Sergej vorbei – zu uns hinaufgeschmuggelt, ihn gefüttert, gestreichelt, mit ihm geschmust. Doch obwohl alle Anzeichen darauf hindeuteten, daß er sich bei uns wohl fühlte, schien ihn der Aufenthalt in Räumen zu beengen. Nach längstens zwei Stunden wurde er unruhig, wanderte zur Tür.

Um seine regelmäßige Ernährung sicherzustellen, brachte ihm einer von uns täglich eine Portion Futter auf den Spielplatz, meist gegen

Abend, wenn die Kinder fort waren. Ein leiser Ruf vor dem Haus genügte, und er tauchte auf. Erschien eine Katze am Futternapf, ließ er sie mitessen; andere Nahrungskonkurrenten wurden vertrieben, wie wir zufällig vom Fenster aus sahen, als ich ihm eine große Schüssel mit gekochtem Rindfleisch serviert hatte.

Kaum hatte er sich vor der Schüssel niedergelassen, stürzte ein Collie herbei – und wir erlebten unseren Freund von einer ganz neuen Seite: In Sekundenschnelle aufgerichtet, schwoll er zu bedrohlicher Größe an, die Ohren legten sich zurück, sein lautes Fauchen war trotz der Entfernung deutlich zu vernehmen.

Der Hund erschrak, versuchte aber, noch einen Brocken zu ergattern, was ihm auch gelang, ehe ihm Enemy eine seiner beachtlichen Pranken über die Nase zog. Der Collie heulte auf und entfloh – den Schwanz zwischen die Beine geklemmt. Enemy sah ihm kurz nach und machte sich dann mit Appetit über sein Essen her. Als ich die Schüssel holte, sah sie aus, als käme sie aus dem Abwasch.

Tanja, die sich für das Katzenleben um uns herum genauso interessierte wie wir, hatte auch diese Szene beobachtet. Sie wußte, daß wir Enemy fütterten und häufig zu uns holten, hatte auch nichts dagegen, warnte aber vor Sergej. Doch wir waren vorsichtig, und Enemy gab in der

Wohnung niemals einen Laut von sich; er hatte sogar die von uns ausgeheckte Transportmethode akzeptiert.

Wenn er gerade zu den Zeiten gehen wollte, in denen Sergej im vorderen Teil des Gartens arbeitete, wir ihn also nicht ungesehen aus dem Haus bringen konnten, setzten wir ihn in einen großen Korb und ließen den Korb an einem dikken Seil aus dem rückwärtigen Fenster hinunter.

Anfangs war Enemy unruhig gewesen. Er hatte gezögert einzusteigen, hatte dann mit zuckendem Schwanz im Korb gestanden, sich hin und her bewegt, der Korb hatte gefährlich geschwankt. Aber schon nach dem dritten Mal war der Kater zum Routinier geworden.

Sobald wir den Korb holten, stieg er hinein, blickte, während er hinabglitt, interessiert um sich – vielleicht genoß er die neue Perspektive – und stieg unten so souverän aus, als sei er sein Leben lang Fahrstuhl gefahren. Als Wassinka ihn einmal herabschweben sah, war er so verblüfft, daß es ihm buchstäblich die Sprache verschlug ...

Um Enemy das Leben zu erleichtern, versuchten wir, Sergej seine in unseren Augen unsinnige Sorge um Wassinka auszureden – obwohl Tanja dieses Unterfangen für hoffnungslos hielt. Sie kannte ihren Mann. Zwar hörte er sich unsere »Entlastungsargumente« geduldig an, aber er blieb hartnäckig. Er wolle Enemy nicht auf dem Grundstück haben, erklärte er kategorisch, denn »Wassinka wird sich niemals mit ihm abfinden und irgendwann schlägt Enemy zurück – und er ist allen Katzen hier an Stärke weit überlegen«.

Unsere feste Überzeugung, es werde zu einem solchen Zusammenstoß nicht kommen, weil Enemy nicht nur der Stärkste, sondern auch der Friedfertigste sei, blieb ohne Echo. »Irgendwann setzt sich selbst der Friedfertigste zur Wehr«, entgegnete Sergej. Tanja hatte recht: In Hinblick auf Wassinka war Sergej »verbohrt«. Er hätte möglicherweise sogar Enemys Tod gebilligt – wie ich nach einem Vorfall einige Wochen später vermutete.

Es war an einem Samstagvormittag, Sergej und ich arbeiteten im vorderen Teil des Gartens, Tanja und meine Mutter kochten. Wassinka strolchte um uns herum, Enemy stand auf der Wiese ein Stück von uns entfernt, als ein riesiger schwarzer Hund im Garteneingang auftauchte. Er wirkte so bösartig, daß ich unwillkürlich zurücktrat.

Wassinka verschwand sofort in der Hecke, der Hund erblickte Enemy, der sich nicht rührte, schoß auf ihn zu, ich schrie, packte die Harke, fühlte mich von Sergej festgehalten – im selben Moment sprang Enemy fast unter der Nase des Hundes auf die Brüstung – ich riß mich los, lief dem Hund entgegen – nun endlich griff Sergej ein.

Mit erhobener Harke trieb er den Knurrenden, Zähnefletschenden Schritt für Schritt zum Garteneingang, während ich Enemy hochnahm. Seine Augen wirkten dunkel und fremd. Ich trug ihn auf den Spielplatz, setzte ihn hinunter, ging zu einer Bank. Er sprang auf meine Knie, ich streichelte ihn, es dauerte lange, bis er leise zu schnurren begann und noch länger, bis mein Zorn auf Sergej abgeklungen war. Plötzlich sah Enemy zu mir auf – und schmiegte sekundenlang den Kopf in meine rechte Hand ...

Als ich mich schließlich erhob, begleitete er mich über die Straße und schlug dann die Richtung zum Haus seiner Freundin ein.

Es war August geworden. Die Hitze hatte nachgelassen, aber der Sommer stand noch in voller Blüte. Manche unserer Nachbarn fuhren an jedem Wochenende zum Angeln; einige traten ihren Jahresurlaub an. Abends wurden in den meisten Gärten Grillparties veranstaltet, zu denen sich immer auch Katzen einfanden, und überall fielen saftige Happen für sie ab – gleichgültig, ob es die eigenen oder fremde waren.

Enemy war ein besonders gern gesehener Gast. Er tauchte bei vielen Parties auf, verzehrte überall eine Kleinigkeit, wanderte weiter. Endstation war stets der Platz in der Hecke. Als wir ihn dort eines Abends nicht sahen – nachdem wir ihn auch tagsüber nicht gesehen hatten –, begannen in unseren Köpfen die Alarmglocken zu läuten. Jeder anderen Katze hätten wir eine Bummelfrist eingeräumt, bei jeder mit einer Verzögerung gerechnet, nicht aber bei Enemy. Daß er zu gewohnter Zeit nicht an gewohnter Stelle lag, war beunruhigend.

Meine Mutter holte Tanja nach oben; sie sagte, sie habe ihn auch schon vermißt, »aber macht euch keine Sorgen. Vielleicht ist er noch auf einer Party und hat sich nur verspätet.« Doch das glaubten wir nicht.

Weil wir nicht wußten, was wir tun sollten, uns aber gedrängt fühlten, etwas zu unternehmen, gingen wir die umliegenden Straßen ab, schauten uns um, erkundigten uns bei allen Leuten, die wir trafen. Aber niemand konnte uns sagen, wo Enemy sich aufhielt.

Bei unserer Heimkehr stand Tanja vor der Haustür und schüttelte auf unsere hoffnungsvollen Blicke hin den Kopf. Selbst Wassinka schien seinen Feind zu vermissen. Er wanderte an der Hecke entlang und blickte hinein. Nur Sergej saß ungerührt vor dem Bildschirm.

Zwei Tage später, wir waren gerade aus der Redaktion zurückgekehrt und im Begriff, uns Kaffee zu machen, hörten wir ein lautes, sehr akzentuiertes, helles Miau, sahen uns an, liefen zum offenen Fenster: Auf dem Rasen stand Enemy – um seinen Hals war ein Strick gebunden, dessen längeres Ende auf seiner Brust baumelte.

Kaum hatte ich die Haustür geöffnet, war er an unseren Beinen, miaute, schnurrte, stand erst an meiner Mutter, dann an mir hoch, schien erklären zu wollen, was er erlebt hatte. Wir setzten uns auf die Steinstufen, streichelten ihn, redeten mit ihm. Ich entknotete den Strick. Das Ende war so zerfasert, als sei es durchgenagt worden.

Ich versuchte mir vorzustellen, was ihm zugestoßen war. Hatte ihn jemand irgendwo angebunden – und zu welchem Zweck? Wie lange hatte er gebraucht, um sich zu befreien? Seine Augen wirkten so klar wie immer, nur in ihrer Tiefe schien ein Rest von Unruhe zu flackern. Impulsiv drückte ich ihn an mich, er preßte den Kopf in meinen Arm . . .

Nach einem Weilchen gingen wir zu unserer Entspannung auf den Spielplatz. Er blieb bei uns. Zwei Jungen sahen ihn, kamen angerannt, streichelten ihn, liefen weiter. Er schritt langsam neben uns her, und als wir uns auf einer Bank niederließen, setzte er sich zwischen uns. Wir erhoben uns erst, als es fast dunkel geworden war.

Zwei Stunden später, der Mond lugte durch die wenigen Wolken, ging meine Mutter leise die Treppe hinunter, um ihn zu füttern. Er lag in der Hecke, »war aber nicht ausgehungert«, berichtete sie nach ihrer Rückkehr, während sie das leere Schälchen auswusch. Ich dachte wieder einmal, was ich schon so oft gedacht hatte: Wenn Katzen doch nur erzählen könnten.

In den folgenden Wochen geschah nichts Außergewöhnliches. Der Sommer neigte sich dem Ende zu, die roten Ahornblätter färbten sich goldgelb, die Sonne strahlte zwar unvermindert, ihre Kraft aber ließ nach.

Innerhalb der Katzengesellschaft ging es wieder hoch her; oft weckten mich nach Mitternacht wilde Schreie, lautes Fauchen oder melodische Gesänge. Wassinka mußte zwei Tage in eine Tierklinik, weil er mit einer gefährlichen Kopfverletzung nach Hause gekommen war, Enemy bewegte sich meist in Gesellschaft seiner silbergrauen Freundin.

Wir hatten einige Tage lang in der Zeitung mit Sonderausgaben viel zu tun, mußten Überstunden machen, kamen unregelmäßig nach Hause.

Eines späten Nachmittags fing uns Tanja in der Haustür ab: »Ich habe Enemy seit gestern nicht gesehen.«

Meine Mutter und ich blickten uns an, sie sagte: »Wir gehen ihn suchen«, ich nickte.

Tanja entschwand zufrieden in ihre Küche.

Eine Stunde später traten wir auf die Straße, gingen ein paar Meter zusammen, trennten uns. Meine Mutter schlug die nördliche Richtung zur

Innenstadt ein, ich entfernte mich südlich, sah in alle Vorgärten, rief, immer wieder. Doch nirgendwo fand ich eine Spur von Enemy. Die Straßen waren menschenleer, nur ab und zu begegnete mir eine Katze.

Ich kreuzte und überquerte alle Wege der näheren Umgebung und bog schließlich in die Backlane der dritten Parallelstraße zu der unseren ein. Sie war ziemlich heruntergekommen, Papierfetzen, Flaschen, Zigarettenkippen lagen herum, aufgetürmtes Gerümpel verstellte den Blick, die Abfalltonnen quollen über. Vereinzelte Häuser waren bereits erleuchtet, in vielen Fenstern saßen Katzen und schauten in die anbrechende Dämmerung.

Am Ende der Backlane stieß ich auf ein offenes, unbebautes Grundstück, auf dem eine Menge Holzlatten unterschiedlicher Größe lagen, unzählige alte Kisten gestapelt waren. Ich betrat den Platz, rief Enemys Namen – und erschrak: Kettenrasselnd stürmte ein gewaltiger schwarzer Hund auf mich zu.

Nachdem ich mich mit einem Sprung aus der Reichweite seiner Kette gebracht hatte, kehrte ich auf die Straße zurück, ging langsam weiter – und blieb ruckartig stehen: Auf meinen letzten Ruf hin war ein fernes Miau zu mir gedrungen. Ich rief erneut, hörte den Hund toben, wartete auf eine Antwort. Sie kam – sehr schwach. Angespannt horchend, um die Richtung herauszufinden, setzte ich Fuß vor Fuß, rief wieder – und vernahm den kläglichen Laut ganz nah.

Vor mir lag ein zerfallendes Haus in einem verwahrlosten Garten. Ich öffnete das verrostete Gartentor, ging durch hohes Gras, vorbei an dichten Büschen, sah etwas Helles, lief darauf zu, beugte mich hinunter: Enemy hob den Kopf, seine linke Flanke war schwarz, offenbar blutverkrustet, die Hinterpfote schien verletzt. Nur der Riesenhund konnte ihn so zugerichet haben.

Ich tastete ihn ab, er zuckte zusammen, als ich die verwundete Flanke berührte, ich fühlte nach seinem Herzen, es schlug heftig, sein Blick flakkerte. Ich sprach beruhigend auf ihn ein, nahm ihn behutsam hoch und trug ihn nach Hause.

Wassinka war nirgends zu sehen, als ich den Garten betrat, aus Tanjas Wohnzimmerfenstern fiel das Licht der großen Stehlampe, Sprechgeräusche drangen in den Flur: Der Fernsehapparat lief. Ich schlich mit Enemy die Treppe hinauf und legte ihn im Wohnzimmer auf die Couch. Er rührte sich nicht, aber seine Blicke folgten mir. Während ich die Nummer des Tierarztes wählte, der Wassinka immer behandelte, hörte ich meine Mutter kommen.

Der Arzt erklärte sich sofort bereit, den Kater zu untersuchen, und wenige Minuten später waren wir mit einem Taxi unterwegs. Enemy wurde behutsam auf den Behandlungstisch gelegt, der Arzt reinigte die Wunden, gab ihm eine Spritze und meinte, einige Tage lang müsse er ruhig gehalten werden; außerdem brauche er noch eine Injektion und weitere Medikamente.

Wir erklärten ihm unsere Lage, schilderten ihm die Schwierigkeiten mit Sergej, baten ihn, den Kater bis zur Genesung im Hospital zu behalten. Er war einverstanden und versprach, uns anzurufen, wenn Enemy wiederhergestellt sei. Erleichtert machten wir uns auf den Heimweg.

Fünf Tage später konnten wir ihn abholen. Er hatte sich in der Klinik so mustergültig aufgeführt, daß Arzt und Helferinnen ihn am liebsten behalten hätten – für immer. Als wir jedoch auf sein selbstbestimmtes Leben, seine »Prominenz« in unserem Viertel verwiesen, ließ man ihn ziehen – mit leisem Bedauern. Er hatte sich wieder einmal tiefgreifende Sympathien erworben.

Auf dem Spielplatz übergaben wir ihn der Freiheit – und waren gerührt über seine Freude. Er sah sich um, machte dann ein paar kurze, fast kindliche Sprünge, die zu seiner sonstigen Gemessenheit in krassem Widerspruch standen, kam zurück, strich uns um die Beine, schnurrte. Wir hockten uns vor ihn hin, streichelten ihn; er sah uns an, stieß uns zärtlich mit dem Kopf, wandte sich schließlich ab und tigerte langsam davon.

Als ich in der Nacht aufstand und aus dem Fenster blickte, schlüpfte er gerade in die Hecke. Ich hatte nur den einzigen, leidenschaftlichen Wunsch, daß ihm nun nichts mehr zustoßen möge.

Der Herbst zog sich bis weit in den Oktober hinein, und nur selten verweigerte sich die Sonne. Dennoch wurde es jeden Tag kälter, der Wind kam aus dem hohen Norden, kündigte den Winter an. Die Katzen hielten sich noch immer viele Stunden draußen auf, gingen spazieren, rollten sich in der Sonne, wanderten ihr nach. Enemy lag meist in der Hecke, wir waren neugierig, wann er verschwunden sein würde. Mit dem ersten Schnee war täglich zu rechnen.

Als ich am fünften November erwachte, blickte ich in dichtes Weiß. Enemy war nicht zu sehen. Nun würde er uns wahrscheinlich nur durch einen glücklichen Zufall noch vor die Augen kommen.

Wir hatten uns immer wieder bemüht, Näheres über sein Winterquartier herauszufinden. Es war uns nicht gelungen. Doch wie sich bei unseren Erkundigungen herausstellte, waren wir nicht die einzigen, die sich dafür interessierten.

So erzählte mir ein alter Herr aus der Nachbarschaft, der ihn ebenfalls ins Herz geschlossen hatte, daß er mehrmals versucht habe, dem Kater im Winter nachzugehen, um in Erfahrung zu bringen, wohin er sich entferne. »Aber sobald er sah, daß ich ihm folgte, blieb er stehen, drehte sich um, kam auf mich zu, strich mir um die Beine – und entschwand in den nächstgelegenen Garten.«

Aus diesen Beobachtungen, ergänzt durch Tanjas Bemerkung über sein regelmäßiges Verschwinden zur kalten Jahreszeit, ließ sich nur schließen, daß Enemy ein Doppelleben führte und die Winter- von der Sommerwelt strikt zu trennen schien.

Es mag merkwürdig klingen, aber: Katzen mit Doppelexistenz sind gar nicht selten, und fast immer ist es nur der Zufall, der aufdeckt, wo sich eine schmerzlich vermißte Katze über längere Zeiträume hin aufgehalten hat.

So hörte ich von drei Katzen in verschiedenen Stadtteilen, die aus scheinbar unerfindlichen Gründen zu fremden Menschen gezogen waren, ohne ihr altes Heim aufzugeben; sie wechselten über Jahre hinweg zwischen beiden hin und her. In einem anderen Fall waren sich auf einem abendstillen Spaziergang eine Katze und ein junger Mann begegnet, deren gegenseitige spontane Sympathie dazu führte, daß die Katze den Mann nach Hause begleitete, ihn künftig häufig besuchte – und manches Mal sogar über Nacht blieb.

Vielleicht war Enemy auf ähnliche Weise an seine Winterwirte geraten, bevor oder nachdem er den Heckenplatz bei Tanja als Sommerdomizil entdeckt hatte – möglicherweise aber waren sie auch seine ursprünglichen Besitzer ...

Wassinka hielt weder Schnee noch große Kälte von längeren Spaziergängen ab. Nur wenn der Himmel sich verdüsterte, weißes Gewirbel die Sicht erschwerte, blieb er zu Hause. Auch die anderen, uns bekannten Katzen tauchten auf – kurz, aber regelmäßig. Ihre kleinen Fußstapfen zeichneten sich auf jeder Neuschneedecke deutlich ab.

Die langen Wintermonate mit ihrem eintönigen Wechsel zwischen neuen Schneefällen und verschärfter Kälte hielten die Menschen in den Häusern fest. Bei durchschnittlich dreißig bis vierzig Grad minus zog es niemanden ins Freie. Dafür nahm das gesellschaftliche Leben, das sich im Sommer auf Gartenparties und Ausflüge an die Seen beschränkte, vielfältigen Aufschwung.

Erst Anfang Mai – nachdem noch einmal ein stundenlanger Blizzard getobt hatte – brach endlich der Frühling aus, so heftig, wie der Winter eingebrochen war. Die heiße Sonne ließ den Schnee binnen weniger Tage verschwinden, an

Bäumen und Sträuchern zeigten sich die ersten Triebe, Wildblumen sprossen inmitten spärlichen Grases – die Vegetation hatte nur vier Monate Zeit, sich zu entfalten, zu blühen, Früchte zu tragen.

An einem der ersten warmen Tage tauchte Enemy wieder auf – mit einer lauten Ankündigung. Es war acht Uhr morgens, wir saßen beim Frühstück, als wir sein helles Miau mehrmals hintereinander hörten. Ich lief hinunter und holte ihn. Tanja und Sergej standen selten vor neun Uhr auf, Wassinka hatten wir schon gegen sieben Uhr davonziehen sehen.

Die Wiedersehensfreude war auf beiden Seiten groß – unsere liebevollen Worte wurden mit dröhnendem Geschnurr beantwortet. Als wir zur Zeitung gingen, begleitete Enemy uns bis zur Hauptverkehrsstraße und drehte dann um. Bei unserer Heimkehr bogen wir vorsichtig die schwach begrünte Hecke auseinander: Er lag zusammengerollt auf der Erde und schlief – so tief und fest, wie wohl nur die Gerechten dieser Welt schlafen können . . .

Der Juni kehrte mit einer fast schmerzhaften Helligkeit ein, brachte Sommertage, die kein Ende zu nehmen schienen. Arbeiten, sich in Räumen aufhalten zu müssen, wurde zum Ärgernis, der Garten zum bevorzugten Aufenthaltsort. Überall wurde gepflanzt, gegossen, gewerkelt, gestrichen – bis weit in die langen warmen Nächte hinein.

Ich hatte Urlaub genommen und lag oft faul unterm Sonnenschirm – lesend, mit einem Getränk in der Nähe. Wassinka leistete mir meist Gesellschaft, manchmal trudelten auch junge Kater aus der Nachbarschaft ein, rollten sich zu mir auf die Decke, wollten spielen oder gestreichelt werden. Daß mir Decke und Rasenplatz allein gehörten, kam selten vor.

Um mit Enemy zusammensein zu können, mußte ich auf den Spielplatz umziehen. Sergej hätte seine Anwesenheit nicht geduldet, Wassinka sofort Streit angefangen, und Enemy sich in dieser Situation nicht vertreiben lassen. Ich hatte das einmal erlebt, als Sergej nicht zu Hause war:

Kaum hatte sich Enemy neben mich auf die Decke gelegt, tauchte Wassinka auf; grollend, mit gesträubtem Rückenfell, schritt er auf Enemy zu. Der erhob sich langsam, rückte in Positur, die Ohren wurden flach, er war offensichtlich entschlossen, nicht zu weichen, es auf einen Kampf ankommen zu lassen. Das aber war nicht in meinem Sinne. Der Friedfertige, aufs äußerste gereizt, würde hart zupacken.

Also erhob ich mich, nahm Decke, Buch und Flasche, schob Wassinka ein Stückchen weg, sagte zu Enemy eindringlich: »Komm mit, wir gehen woanders hin.« Er sah hoch, dann zu

Wassinka, zögerte. Ich redete ihm gut zu; allmählich glättete sich sein Fell, er trat an meine Seite. Doch als Wassinka Miene machte, sich uns anzuschließen, verstellte ihm Enemy den Weg und grollte. Wassinka verstand, er blieb zurück.

Auf dem Spielplatz gingen wir zu der am weitesten abgelegenen kleinen Wiese, die von drei hohen Ahornbäumen beschattet wurde. Ich breitete die Decke aus, legte mich auf den Bauch, griff nach dem Buch. Enemy ließ sich dicht an meiner rechten Seite nieder, drehte sich ein paarmal um sich selbst, hatte schließlich die bequemste Lage herausgefunden und schloß die Augen. Ich vertiefte mich in meinen Roman, warf aber immer wieder einen Blick auf den schlummernden Kater – und fühlte eine grenzenlose Zärtlichkeit für ihn. Er wollte nichts anderes als in Frieden leben.

An den ersten warmen Abenden hatten meine Mutter und ich auch unsere im Spätherbst eingestellten Spaziergänge wiederaufgenommen. Enemy schloß sich uns oft an, meist trafen wir ihn schon nach ein paar Metern, und zu dritt wanderten wir unter den hohen Bäumen entlang. Den Abschluß bildete ein Gang auf den Spielplatz, wo wir uns auf eine Bank setzten, auf den melodischen Glockenschlag der nahen Kirchturmuhr horchten und in einen Himmel blickten, der größer, flacher und näher wirkte als in Europa.

Enemy saß immer reglos zwischen uns, sein Blick schweifte über Platz und Straßen hinweg. Manchmal jedoch wandte er erst dem einen von uns, dann dem anderen den Kopf zu und sah jedem lange und aufmerksam in die Augen. In solchen Momenten wäre ich bereit gewesen, einige Jahre meiner Lebenszeit gegen das Wissen um die Vorgänge in seinem Innern einzutauschen.

Natürlich waren diese gemeinsamen Spaziergänge nicht unbemerkt geblieben. Man sprach uns darauf an, erkundigte sich, ob wir den Kater nun »adoptiert« hätten, was wir bejahten, weil wir wenig Lust hatten, die etwas verzwickten häuslichen Verhältnisse darzulegen. Glücklicherweise waren Tanja und Sergej nicht sehr kontaktfreudig; sie unterhielten sich nur selten mit Nachbarn.

Enemy unterstrich den Eindruck, daß er zu uns gehörte. Er miaute zu unseren Fenstern hinauf, er stimmte lauten Protest an, wenn wir in die Zeitung gingen, er lief uns, zu unserem Entsetzen, gelegentlich über die stark befahrene Straße entgegen. An meinem letzten Urlaubstag jedoch überbot er alles, was wir bei ihm für möglich gehalten hätten – welcher Grund auch immer ihn dazu bewogen haben mochte: Seine Furchtlosigkeit im Verkehr, seine Anhänglich-

keit an uns, beides – oder einfach eine »Kater-
idee«.

Wir mußten trotz großer Hitze in die Innenstadt. Meine Mutter war zum Zahnarzt bestellt
worden, ich brauchte dringend ein paar Som-
merschuhe. Enemy verließ die Hecke, als wir
aus dem Haus traten, begleitete uns über den
Spielplatz zur Bushaltestellte, an der ein paar
Leute standen, und setzte sich dort neben uns.
Ich beugte mich hinunter, beschwor ihn zurück-
zugehen. Er sah mich an, rührte sich aber nicht.

Als der Bus kam, stiegen wir rasch ein, in der
Hoffnung, ihn damit zum Rückzug zu bewegen.
Die automatische Tür schloß sich. Der Fahrer
startete, bremste, hupte, fuhr wieder an, hielt,
wandte sich um und rief uns zu, wir möchten unsere Katze wegschaffen, sie blockiere die Fahr-
bahn.

Ich schoß von meinem Sitz, blickte über den
Kopf des Fahrers auf die Straße: Enemy stand
vor dem Bus, neben ihm fuhren – langsam – Au-
tos vorbei. Er hatte offensichtlich nicht die Ab-
sicht, den Weg freizugeben. Einige Fahrgäste
reckten die Hälse, lachten; eine Frau sah mich
vorwurfsvoll an.

Ich eilte zur Tür, der Fahrer öffnete, ich
sprang hinaus. Enemy kam mir entgegen; ich ergriff ihn und stieg wieder ein. Meine Mutter
nahm ihn auf den Schoß.

Ein Mann, der hinter uns saß, sprach uns an, fragte, ob der Kater öfter solche Dinge täte, und während sich Enemy bequem zurechtlegte, schilderte meine Mutter einige unserer Erlebnisse mit ihm – was zur Folge hatte, daß die Gespräche um uns herum verstummten und die meisten Fahrgäste zuhörten. Erstaunte Ausrufe wurden laut.

Als wir im Zentrum ausstiegen, begleiteten uns viele gute Wünsche. Meine Mutter gab mir den Kater – ich hielt Ausschau nach dem nächstliegenden Schuhgeschäft. Dort empfing mich angenehme Kühle; im Laden befanden sich nur zwei Kundinnen mittleren Alters. Ich setzte Enemy ab, die beiden Frauen betrachteten ihn wohlwollend, er wanderte durch den Laden. Um mir Fragen und Erklärungen zu ersparen, ging ich ihm nach, nahm ihn hoch, setzte mich in einen Stuhl, ihn daneben und bat ihn, sitzen zu bleiben. Er tat's.

Gleich darauf kam eine junge Verkäuferin, hockte sich zu ihm, streichelte ihn, die beiden Frauen traten hinzu, und mir blieb nichts anderes übrig, als die Sachlage zu erklären. Schließlich ist es nicht gerade üblich, mit einer Katze in ein Schuhgeschäft zu gehen – nicht einmal in Kanada.

Enemy wirkte so gelassen wie immer. Er leckte von der Büchsenmilch, die ihm die Verkäuferin brachte, und beschnupperte die Schuhe, die ich probierte; das dritte Paar paßte. Ich ging zur Kasse, bezahlte, rief den Kater, klemmte ihn unter den rechten Arm, hängte mir das Schuhpaket über das linke Handgelenk, und verließ den Laden. Enemy schienen Hitze und Verkehrslärm wenig auszumachen. Er thronte in meinen Armen und blickte interessiert um sich. Zwei Frauen hielten mich an, strichen ihm über den Kopf und fragten, fragten ... Ich war froh, als ich meine Mutter kommen sah.

Zwei Minuten später stiegen wir in den Bus – Enemy sammelte wieder Wohlwollen – und fuhren heimwärts. An der Haltestelle setzte ich den Kater auf die Erde, er tigerte hinter uns her. Doch als er den neben der Gartentür arbeitenden Sergej erblickte, blieb er stehen und schlenderte dann zum Spielplatz hinüber ...

Wir gingen nach oben – und fragten uns zum ersten Mal, ob wir Enemy nicht zu sehr an uns herangezogen, ihm gedankenlos ein Stück seiner Unabhängigkeit genommen hatten; verspätete Einsicht, die den Lauf der Dinge nicht mehr ändern konnte.

Langsam begannen die Tage wieder abzunehmen. Die rotgoldenen Ahornblätter flammten in der Sonne, das satte Grün der Rasenflächen verblich, in den Gärten leuchteten bunte Herbstblumen. Wassinka und andere Kater waren nun auch in entfernten Gegenden anzutreffen. Enemy tauchte kürzer auf, blieb häufiger in der Nähe seiner Freundin, begleitete uns zwar nach wie vor morgens ein Stück ins Büro, lief aber – zu unserer Erleichterung – nicht mehr über die Hauptverkehrsstraße, und ging abends oft mit uns spazieren. Wir stellten uns darauf ein, daß er bald in sein geheimnisvolles Winterquartier verschwinden würde.

Auf den Spaziergängen begegneten uns oft Kater mit blutigen Nasen, eingerissenen Ohren oder sonstigen Verletzungen, nur Enemy hatte kaum jemals eine Schramme, obwohl auch er kämpfte – allerdings nicht um Katzen. Die kleine Tigerin schien niemals »fremdzugehen«, er an anderen Katzen nicht interessiert zu sein.

Sein Heim dagegen, der Heckenplatz, war ständig durch Sergej und Wassinka bedroht, und manches Mal war auch Chou-Chou, ein großer schwarzer Kater, aufgetaucht und hatte sich dort niederlassen wollen. Aber es war Enemy immer ohne großen Kraftaufwand gelungen, ihn zu vertreiben. Eine seiner Auseinandersetzungen mit dem schwarzen Eindringling spielte sich in einer milden Septembernacht ab.

Es war gegen dreiundzwanzig Uhr. Meine Mutter und ich saßen bei Tanja und Sergej im Wohnzimmer. Wir unterhielten uns über Rußland, Tanja erzählte von ihrer Kindheit, Sergej vom Krieg. Ein Fenster zum hinteren Teil des Gartens stand offen.

Mitten in unserer Unterhaltung vernahmen wir plötzlich einen wilden Schrei-Knurr-Laut, dem ein unterdrücktes Grollen folgte. Ich lief zum Fenster, Sergej kam mir nach, wir blickten auf eine Szene, die kein Regisseur besser hätte inszenieren können.

Auf dem Rasen stand, einer Statue gleich, Enemy, dessen weißes Fell in der Dunkelheit matt schimmerte; ihm gegenüber, in etwa zwei Metern Entfernung, befand sich als bewegungslose, schwarze Silhouette Chou-Chou. Mein nächster Blick erfaßte Wassinka, der sich langsam näherte, stehen blieb und nun sozusagen die Spitze des Dreiecks bildete.

Minutenlang verharrten die beiden Kontrahenten in ihren Positionen; dann tat Enemy den ersten Schritt, Chou-Chou grollte halblaut, Enemys helles »Iiihhh« durchschnitt die Stille, er schritt weiter, Chou-Chou grollte lauter, setzte sich in Bewegung, auf Enemy zu; abwechselnd hoben und senkten sich schwarze und weiße Pfoten. Schließlich standen sie voreinander und heulten sich in die Gesichter. Keiner schien weichen zu wollen.

Plötzlich schob sich Enemy geringfügig zusammen, Chou-Chou glitt zur Seite, Enemy warf sich herum, packte zu; Chou-Chou riß sich los, rannte quer durch den Garten. Enemy sauste hinter ihm her, gefolgt von Wassinka; schlagartig war die Bühne leer.

Kurz darauf kehrte Enemy zurück, schritt langsam den Gartenweg in Richtung Straße entlang. Wassinka tauchte auf, sah uns am offenen Fenster, sprang hinauf, begrüßte uns. Sergej streichelte ihn, Wassinka entdeckte meine Mutter, lief zu ihr.

Ich tippte Sergej auf den Arm, er wandte mir den Kopf zu: »Sehen Sie«, sagte ich mit leisem Triumph, »so war das schon öfter. Enemy vertreibt Chou-Chou immer.«

Sergej erwiderte: »Wenn das so ist, ist es gut. Chou-Chou hat Wassinka schon einmal schwer verletzt.«

Ich meinte, Boden gewonnen zu haben und verkündete mit Vehemenz: »Enemy wird Wassinka niemals etwas tun, er will nichts weiter als seinen Platz in der Hecke.«

»Aber Wassinka will ihn dort nicht haben«, wiederholte Sergej den mir nun schon sattsam bekannten Satz, »und außerdem sind alle Katzen unberechenbar.« Möglicherweise, fügte er hinzu, habe überhaupt nur Chou-Chous Anwesenheit einen Angriff Enemys auf Wassinka verhindert.

Ich widersprach empört, berichtete, daß Enemy und Wassinka gemeinsam Chou-Chou schon zweimal in die Flucht geschlagen hätten – und anschließend in Frieden auseinandergegangen seien.

Aber auch davon zeigte er sich nicht beeindruckt. »Beim nächsten Mal könnte es anders sein«, beharrte er.

Ich gab endgültig auf. Wenn Tatsachen, wenn der eigene Augenschein eine vorgefaßte Meinung nicht verändern können, ist es sinnlos, weiter zu diskutieren. Und so vermittelte mir dieser Abend zum x-ten Male die Erkenntnis, daß Gefühle mit Argumenten nicht zu beeinflussen sind.

Wenige Tage später schlug das Wetter um. Regen stürzte herab, es wurde kalt, die Bäume reckten ihre kahl gewordenen Äste in einen unruhigen Himmel. Die Winnipeger machten sich winterfest. Fenster wurden ausgewechselt, Heizkörper und Ölvorräte kontrolliert, Türen abgedichtet, in den Gärten die letzten Blumen geschnitten, Bäume eingedeckt. Und dann kam er wieder von einem Tag auf den andern: der ungeliebte Schnee.

Noch am Morgen hatte die Sonne gestrahlt, mittags zog sie sich nach und nach zurück, der Himmel nebelte sich ein, wurde stündlich farbloser, am Nachmittag fielen die ersten Flocken, gegen Abend war alles weiß.

Am nächsten Morgen erlitten wir einen leichten Schock: Als ich den obligatorischen Blick aus dem Fenster warf, sah ich Enemy in der Hecke, zusammengerollt im Schnee. Ich rief meine Mutter, sie starrte hinaus: »Aber wieso ist er denn noch da?« Ja, wieso?

Plötzlich erwachte er, gähnte, streckte die Vorderpfoten lang aus, schüttelte sich, schritt unter unser Fenster, blickte hoch und ließ ein lautes, klagendes Miau ertönen.

Meine Gedanken überstürzten sich: Was konnte passiert sein? Hatte er sein Winterquartier verloren, oder wollte er jetzt nicht mehr dorthin zurück, weil er meinte, daß nun wir für ihn zuständig seien? Und wenn das so war – was um Himmels willen sollten wir dann tun? Ich blickte meine Mutter an, sie sah entsetzt auf den Kater hinunter, der unverwandt hochschaute ...

»Wir müssen mit Tanja reden.« Ich klammerte mich an die Hoffnung, daß ihr praktischer Verstand einen Weg aus dem Dilemma finden würde. Meine Mutter nickte, sagte, sie wolle am Nachmittag mit ihr sprechen.

Ich war in der Redaktion unkonzentriert, machte zahlreiche Fehler, weil meine Gedanken nur um Enemy kreisten und atmete auf, als die Tagesarbeit hinter mir lag, ich gehen konnte. Es war ohnehin spät geworden.

Enemy befand sich wieder in der Hecke, der Schneefall hatte nachgelassen. Ich schälte mich aus Mantel und Stiefeln, nahm mir eine Tasse Kaffee und setzte mich zu meiner Mutter, um zu hören, wie das Gespräch mit Tanja verlaufen war.

Die beiden hatten die Lage gründlich diskutiert und von allen Seiten beleuchtet. Aber die einfachste Lösung, irgendwelche Nachbarn zu bitten, Enemy aufzunehmen, hätte bedeutet, Sergejs Aversion gegen ihn aufzudecken, und dazu war Tanja – verständlicherweise – nicht bereit: »Ich kann doch meinen eigenen Mann nicht vor Fremden blamieren«, hatte sie gesagt, »keiner würde verstehen, warum er sich so verhält – ausgerechnet bei Enemy.«

Auch die Möglichkeit, ihn in ein Tierheim oder in eine Katzenpension zu geben, war verworfen worden. »Dazu ist der Winter zu lang, er würde es nicht aushalten, für viele Monate eingesperrt zu sein«, hatte Tanja gesagt, und meine Mutter hatte ihr zugestimmt. Anschließend hatten sie noch erörtert, ihn zu Tanjas Freunden, den Ulanows, zu bringen, die am anderen Ende der Stadt wohnten, »aber«, sagte meine Mutter, »davon sind wir dann auch abgekommen, weil Tanja meinte, er würde dort nicht bleiben, sondern früher oder später zurückkommen. Er sei zu selbständig und zu alt, um sich irgendwohin verfrachten zu lassen.« Dem Kater seine Bewegungsfreiheit zu erhalten und ihn gleichzeitig vor den Unbilden der Witterung zu bewahren, glich der Quadratur des Kreises.

Aber Tanja wäre nicht Tanja gewesen, hätte die Sache damit ihr Bewenden gehabt. Aufgeben lag nicht in ihrer Natur, und so hatte sie einen Plan entworfen, den meine Mutter zuerst für leicht irrsinnig, dann für durchführbar, schließlich für bestechend hielt. Seine Realisierung war für den Abend des nächsten Tages vorgesehen – wenn Sergej das Haus verlassen hatte, um zum jährlichen Treffen mit Kosaken seiner ehemaligen Einheit zu gehen.

Die kommende Nacht, für die starke Kälte vorausgesagt worden war, sollte Enemy im warmen Basement verbringen. Damit Wassinka ihn dort nicht entdeckte und Sergej alarmierte, wollte Tanja ihn ins Schlafzimmer lassen. Da er sich den ganzen Tag draußen herumgetrieben hatte und nur selten in ein Bett durfte, war anzunehmen, daß er dort für einige Stunden gut untergebracht sein würde. Über Nacht wollte ihn Tanja – wie immer bei strenger Kälte – in der Küche einquartieren.

»Und wann soll Enemy ins Haus?« fragte ich.

Meine Mutter sah auf die Uhr. »Du kannst ihn gleich holen. Tanja hat bestimmt schon alles vorbereitet. Aber sei vorsichtig. Sergej ist im Wohnzimmer.«

Ich zog mir die Mütze über die Ohren, schlüpfte in Mantel und Stiefel, ging leise die Treppe hinunter. Als ich die Haustür öffnete, schlug mir eisige Luft entgegen, der Schnee glitzerte im Licht der Straßenlaternen.

Ich verließ den Garten, ging ein Stückchen den Bürgersteig entlang, rief halblaut, sah einen Schatten durch den verschneiten Nachbargarten huschen; gleich darauf war Enemy bei mir. Ich beugte mich hinunter, umfaßte ihn: Er fühlte sich kalt an.

Im Hausflur nahm ich ihn hoch – aus Tanjas Wohnzimmer drang lebhaftes Sprechen – und trug ihn ins Basement. Die Tür des kleinen abgelegenen Raumes, den Tanja für seinen Aufenthalt vorgesehen hatte, stand offen. Ich schloß sie hinter mir und setzte den Kater auf die ausrangierte Couch, unter der die Heizungsrohre verliefen. Auf dem Boden rechts in der Ecke standen zwei Schüsselchen, eine mit Büchsenfutter, die andere mit Wasser; in der linken Ecke befand sich eine Kiste mit Sand.

Enemy streckte sich auf der Couch aus, ich setzte mich zu ihm, streichelte ihn, sprach leise auf ihn ein; seine Bernsteinaugen blickten mich an, er legte mir die rechte Pfote auf die Hand und begann zu schnurren. Als ich sicher war, daß er die Situation erfaßt hatte, ging ich langsam zur Tür, sah mich noch einmal um: Er hatte den Kopf auf die Pfoten gelegt. Beruhigt zog ich die

Tür hinter mir zu, schlich schnell und lautlos nach oben. Er würde eine gute, warme Nacht haben.

Am nächsten Morgen – nach einem Wink von Tanja – befreiten meine Mutter und ich Enemy aus seiner komfortablen Gefängniszelle. Er hatte das Futter vertilgt, den Sand benutzt, und kam uns mit erhobenem Schwanz entgegen.

Meine Mutter nahm ihn hoch, ging die Treppe hinauf; ich hörte sie mit Tanja reden, dann die Haustür auf- und zugehen, während ich die Näpfe zusammenstellte. »Er ist abgezogen«, teilte mir Tanja mit, als ich zu ihr in die Küche trat. »Den Tag kann er ganz gut herumbringen, die Sonne wird scheinen, und sobald Sergej heute abend weg ist, starten wir.«

Auf dem Weg in die Redaktion war Tanjas Plan unser einziges Gesprächsthema. Als ich gegen achtzehn Uhr heimkam, begegnete ich Sergej im Flur – ausgehbereit. Kurz danach rief Tanja meine Mutter; als wir hinunterkamen, stand sie an der Treppe – in den Händen zwei heiße Gummiflaschen.

Wir gingen durch den Garten zu dem kleinen Geräteschuppen, der in unmittelbarer Nähe der Garage stand. Tanja zog einen Schlüssel heraus, öffnete das Vorhängeschloß, knipste die Taschenlampe an, wir staunten: Alle Geräte waren ordentlich in eine Ecke geräumt, der Boden mit einem alten Teppich ausgelegt, auf einer stabilen Holzkiste stand eine zweite, etwas größere.

In diese Kiste faßte Tanja und nahm eine dicke Decke hoch. Die Kiste war mit Zeitungspapier und Holzwolle ausgepolstert, Tanja packte die heißen Wärmflaschen hinein, legte die Decke darüber, stopfte sie fest, und hieß mich Enemy holen. Ich ging in den Garten, rief leise, er tauchte im Eingang auf, tigerte mit mir zum Schuppen.

Tanja ergriff ihn, setzte ihn in die Kiste; er spürte die Wärme und rollte sich zusammen. Tanja strahlte: »Nun braucht er nicht mehr zu frieren. Wir müssen nur alle paar Stunden die Flaschen auswechseln, ich habe gleich vier gekauft. Aber der Schuppen muß sicherheitshalber abgeschlossen werden. Ich hab' einen Schlüssel für euch machen lassen.« Sie griff in die Manteltasche und reichte ihn meiner Mutter.

»Alles perfekt«, sagte ich, »aber wie kommt er rein und raus?«

Tanja lächelte: »Schau her.« An der hinteren Wand des Schuppens, vor der sich Sträucher befanden, hatte sie in Bodennähe eine viereckige Öffnung ausgesägt, gerade groß genug, um Enemy durchzulassen; darüber hatte sie innen ein dunkles Stück Filz genagelt, das die Öffnung abdeckte. »Sergej würde das Loch nicht einmal sehen, wenn er davor stünde«, sagte sie trimuphierend.

»Aber müßten wir's Enemy nicht zeigen, damit er Bescheid weiß?« fragte meine Mutter.

Tanja zuckte die Achseln. »So intelligent wie der ist, findet er das allein heraus, aber wir können's ihm natürlich zeigen.« Sie nahm den Kater hoch, setzte ihn vor den Ausgang, schob ihn sanft. Enemy stieß mit dem Kopf gegen den Filz, glitt hinaus, schlängelte sich durchs Gestrüpp, machte kehrt, stand wieder zwischen uns. »Na bitte«, sagte Tanja zufrieden, streichelte ihn und hob ihn in die Kiste. Er rollte sich erneut zusammen, und wir waren glücklich.

Während meine Mutter und Tanja ins Haus gingen, um Essen für den Kater zu holen, blieb ich bei ihm und strich über seinen warmen Rücken. Er blinzelte mich an, rekelte sich, fühlte sich erkennbar wohl. Ein paar Minuten später kehrten die beiden zurück. Tanja trug eine große Schüssel mit gekochtem Fleisch und Reis, meine Mutter ein Schälchen mit Wasser.

Enemy hob schnuppernd die Nase, sprang aus der Kiste und begann zu essen. Anschließend schleckte er Wasser. Wir streichelten ihn, wünschten ihm eine gute Nacht, verschlossen den Schuppen und verabredeten, daß Tanja nach Mitternacht, wenn Sergej im Bett war, die Flaschen auswechseln würde; am frühen Morgen würde es dann einer von uns tun. Zum Ab-

schluß unserer Aktion tranken wir einen doppel-
stöckigen Wodka.

Doch Tanjas genialer Einfall bewährte sich
nur einige Tage, weil wir Enemys Intelligenz un-
terschätzt hatten. Aus der Tatsache, daß ihm auf
dem bisher verbotenen Terrain Heimatrecht be-
willigt worden war, zog er offensichtlich den
Schluß, er könne sich nun jederzeit an uns wen-
den, wenn er es für nötig hielt; denn waren wir
mit den heißen Flaschen in Verzug geraten,
stand er auf der Steintreppe und mahnte den
Nachschub laut und energisch an. Mit dieser
Methode hatte er durchschlagenden Erfolg. Wer
von uns dreien den ersten Ton vernahm, stürzte
ihm entgegen, um ihn zur Ruhe zu bringen, bevor Sergej aufmerksam wurde.

Wassinka jedoch hatte unser Geheimnis
schnell entdeckt. Ich sah ihn eines Abends, als
ich mit heißen Flaschen zu Enemy unterwegs
war, im Gestrüpp vor dem kleinen Eingang,
grollend und im Begriff, den Kopf durch den Filz
zu stecken. Doch im gleichen Moment langte eine weiße Pfote heraus und versetzte ihm eine
Ohrfeige. Wassinka fauchte, wich aber zurück.

Ich packte ihn und trug ihn ins Haus; dann holte ich die in den Schnee geworfenen Flaschen,
wechselte sie aus, streichelte Enemy und über-
dachte die Situation.

Wenn Wassinka nun vor dem kleinen Schuppen orgelte und damit Sergej alarmierte? Tanja hatte uns zwar versichert, daß er – aufgrund seiner Kriegsverletzungen überempfindlich gegen Kälte und unsicher auf verschneiten Wegen – das Haus nicht verlassen würde, aber es war ihm schon aufgefallen, daß sie sich häufiger draußen zu schaffen machte, als sich mit Schneeräumen allein erklären ließ . . .

Ich erwischte sie im Flur, teilte ihr hastig meine Befürchtungen mit; sie versprach, sich am Nachmittag des nächsten Tages zur »Lagebesprechung« bei uns einzufinden.

Gegen siebzehn Uhr tauchte sie auf. »Wassinka macht mir weniger Sorgen als Enemys Geschrei auf der Treppe«, kam sie gleich zur Sache, »das hat Sergej nämlich schon zweimal mitgekriegt und mich gefragt, was das zu bedeuten habe. Wenn Wassinka vor dem Schuppen Krach schlägt, hört er das nicht, weil er meistens im Wohnzimmer ist. Aber die Wärmflaschen sind sowieso keine gute Lösung. Morgen kaufe ich ein Heizkissen und ein Verlängerungskabel, das können wir in der Garage einstecken, und Enemy hat's gleichmäßig warm.«

Wir starrten sie verblüfft an. Warum stellen sich die besten Ideen meist erst mit Verzögerung ein?

Am folgenden Abend, Sergej hatte sich ins Bett zurückgezogen, holte uns Tanja. Enemy saß auf halb erkalteten Flaschen. Ich nahm ihn hoch, Tanja entfernte die Flaschen, legte das Heizkissen in die Kiste. Sie hatte das Kabel durch den kleinen Eingang geführt, es unter dem Schnee und unter der Garagentür hindurchgezogen.

»Aber wenn Sergej nun in die Garage geht und den Anschluß entdeckt?« fragte ich etwas beunruhigt.

»Warum sollte er?« erwiderte Tanja sorglos. »Er fährt doch den Wagen niemals raus, und zu tun ist dort nichts. Außerdem ist das Licht schlecht, und die Steckdose liegt ziemlich tief, direkt über dem Boden.«

Zufriedengestellt setzte ich Enemy in die Kiste; er blickte uns schnurrend nach, als wir den Schuppen verließen. Wie kalt es jetzt auch immer werden mochte: Er war geborgen.

In den folgenden Wochen sanken die Temperaturen und blieben dann bei etwa fünfunddreißig Grad konstant. Mehrmals tobten Schneestürme, die Straßen waren meist menschenleer. Enemy ging zwar mittags manchmal spazieren, kehrte aber schon nach kurzer Zeit in sein Quartier zurück.

Auch Sergej blieb im Haus, der Wagen in der Garage. Tanja hatte beide Kühltruhen mit Lebensmitteln vollgepackt. Die anhaltende Kälte schien selbst Wassinkas Unternehmungslust zu dämpfen; wir sahen ihn immer seltener auf der

Straße, hörten nur gelegentlich im Garten ein Grollen, das anzeigte, daß er sich der Anwesenheit seines Feindes bewußt war.

Wenn ich Enemy abends Futter brachte, blieb ich immer ein Weilchen bei ihm. Ich wartete, bis er gegessen hatte, hob ihn dann in sein »Bett«, streichelte ihn, redete mit ihm. Er streckte sich aus, schnurrte leise, blickte mich an – seine Augen reflektierten die letzten Schimmer von Licht im Halbdunkel des Schuppens. Er wirkte ruhig und zufrieden.

Tanja hatte es geschafft: Er konnte den barbarischen Winter ohne Kräfteverlust überstehen und im Frühling wieder in die Hecke umsiedeln – ein Veteran des Lebens.

Blondie – der goldfarbene Aristokrat

*L*iebe kann ein Entwicklungsprozeß sein, sie kann aber auch als Blitz einschlagen. Einen solchen »Coup de foudre« löste nur Blondie in uns aus – keine Katze davor, keine danach.

Der kleine Kater, der wie eine Sternschnuppe aus dem Dunkel auftauchte und sich wieder im Dunkel verlor, hat einen Lichtschimmer hinterlassen, der noch heute nachwirkt...

Es war ein milder Abend im Mai 1968. Ich lag im Bett und las, meine Mutter war hinuntergegangen, um Enemy zu füttern, Tanja und Sergej hielten sich bei Freunden auf. Nach einem Weilchen hörte ich, wie die Wohnungstür geöffnet wurde; gleich darauf trat meine Mutter ins Zimmer und setzte mir ein rotgoldenes Etwas auf die Bettdecke, das mit steil erhobenem Schwanz auf mein Gesicht zustürmte, schnurr-singend eine weiße Nase an meiner Wange rieb, mich aus Goldkäferaugen anblickte, die weißen Vorderpfoten hob und senkte – jede Sekunde in Bewegung, vibrierend vor Lebenslust.

Überwältigt brachte ich nur hervor: »Wo hast du denn den her?«

Meine Mutter lachte. »Ich hab' ihn vor der Haustür getroffen. Er wollte mit.«

Meine Blicke sogen sich an der singenden Katze fest, von einem Augenblick zum anderen steigerte sich der Wunsch, sie zu besitzen. Ich dachte: Niemals mehr aus den Händen lassen, behalten, um jeden Preis.

Meine Mutter hatte sich aufs Fußende des Bettes gesetzt, ließ die Katze nicht aus den Augen und fragte schließlich entzückt: »Sieht er nicht aus wie ein kleiner Aristokrat?«

Ich nickte. Mittelgroß, zartgliedrig, mit spitzen Ohren über einem feingeschnittenen Gesicht, das von einer Mähne umrahmt wurde, wirkte er wie der Abkömmling einer edlen Ahnenreihe – allerdings ein etwas heruntergekommener. Das dichte, halblanghaarige Fell war struppig, das Weiß der vier Pfoten ergraut, er fühlte sich knochiger an, als selbst der linienbewußteste Aristokrat sein würde.

Während wir uns in Mutmaßungen über seine Herkunft und sein Alter ergingen – wir schätzten ihn auf höchstens eineinhalb Jahre –, tigerte er von mir zu meiner Mutter, von meiner Mutter zu mir, stieß jeden mit dem Köpfchen an und jubelte in hellen, melodischen Tönen.

Merkwürdig war auch, daß er keine Anstalten

machte, die Wohnung zu inspizieren. Er blieb auf dem Bett, bannte uns mit seinem Charme, und wir verfielen ihm von Minute zu Minute mehr. Erst um Mitternacht trug ihn meine Mutter nach unten und setzte ihn in den Garten. Wir waren überzeugt, daß er wiederkommen würde – und entschlossen, seinen Einzug vorzubereiten.

Daß er jemandem gehörte, der Anspruch auf ihn erheben könnte, daß wir uns möglicherweise an fremdem Eigentum vergriffen – dieser naheliegende Gedanke kam uns nicht, so absonderlich mir das im nachhinein scheint.

Am nächsten Morgen ging meine Mutter zu Tanja und Sergej – und verlor die erste Runde. Sergej wollte nach wie vor, besorgt um Wassinkas Seelenfrieden, keine zweite Katze im Haus haben; Tanja hatte erklärt, sie lehne Edelkatzen und alles, was zu sehr danach aussah, als »überzüchtet« ab. Meine Mutter kommentierte ihren Mißerfolg mit dem Satz: »Macht nichts, wir kriegen ihn trotzdem.«

Am späten Nachmittag bei Tanja im Wohnzimmer – sie nähte, ich hatte ihr ein Buch gebracht – sah ich Blondie die Straße hinunterschlendern, rief Tanja ans Fenster, zeigte ihn ihr – und wurde abgeschmettert. »Sehr hübsch«, meinte sie unbeeindruckt, »aber bestimmt dekadent. Mit solchen Katzen ist nicht viel los, sie sind krankheitsanfällig, machen nur Sorgen und kosten Geld. Ich weiß das von einer Bekannten, die hat zwei davon, und beide sind dauernd krank, mal haben sie dies, mal haben sie das. Laßt die Finger davon, das taugt nicht.«

In Normalfällen nehmen wir Ratschläge von kompetenten Freunden gerne an – und wir hatten Tanjas Katzenverstand schätzen gelernt. Doch in diesem Fall gingen ihre Worte ins Leere. Wir waren von Blondie verzaubert, und daß wir ihn bekommen würden, blieb tiefste Gewißheit.

Hatten wir bisher schon viel Zeit am Erkerfenster verbracht – nun hielten wir uns fast nur noch dort auf. Blondie sahen wir täglich, meist in Gesellschaft von anderen Jungkatzen. Wassinka tolerierte seine Anwesenheit im Garten, verjagte ihn nicht, ließ ihn in der Sonne liegen. Wir holten ihn heimlich nach oben, fütterten ihn, bürsteten sein schönes Fell, spielten, schmusten mit ihm – und immer reagierte er so leidenschaftlich-zärtlich wie beim ersten Mal.

Eines Morgens tauchte er nicht auf, ließ sich auch im Laufe des Tages nicht blicken. Wir waren beunruhigt und machten uns auf die Suche. Rückschauend habe ich den Eindruck, als hätten wir Jahre unseres Lebens damit verbracht, verlorengegangene Katzen zu suchen.

Wir befragten Nachbarn, vor allem Kinder.

Dabei geriet ich an eine etwa Neunjährige, die mir sagte, sie suche ebenfalls ihre Katze – und im Laufe des Gesprächs wurde mir klar, daß wir beide die gleiche suchten.

Auf diese Weise erfuhr ich, daß Blondie in der Familie des Kindes gelebt hatte, allerdings nur knapp fünf Wochen. Ein paar Monate davor sei er einer alten Dame in der Main Street – einige Straßenzüge von uns entfernt – zugelaufen; das wüßte sie, betonte die Kleine, weil die Dame ihre Mutter, die sie vom Sehen kannte, in der Grocery angesprochen und sie gefragt hatte, ob ihr zufällig eine Katze »mit goldenem Fell« begegnet sei. Beide hatten dann schnell herausgefunden, daß der Vermißte und der Zugelaufene identisch waren. Doch nachdem die alte Dame erfahren hatte, wie sehr das Kind an dem Kater hing, war sie bereit gewesen, ihn der Kleinen zu überlassen.

Rasch überschlug ich Blondies Stationen: Von irgendwoher bei der alten Dame aufgetaucht, von dort zu der Familie des Kindes gewechselt, mußten wir mindestens der vierte Anlegeplatz sein, den er als Heimathafen in Erwägung gezogen hatte.

War er ein Abenteurer, einer jener – seltenen – Glücksritter, die nur der Landstraße treu bleiben können? Ich hatte einmal von einem Kater gehört, der jedes ihm angebotene Heim nach ein

paar Wochen aufgekündigt hatte und weiterge-
wandert war...

Ich tröstete die Kleine, ließ mir ihren Namen
und die Telefonnummer geben, verabschiedete
mich und setzte meine Suche fort. Aber Blondie
blieb verschollen.

Eines Abends nach der Heimkehr – Tanja und
Sergej hatten uns auswärts zum Essen eingela-
den –, blieben unsere Blicke beim Eintritt in den
Garten an der Hecke hängen: Halb darunter,
halb davor lag etwas Goldfarben-Weißes. Meine
Mutter lief hin, ich folgte; ein kleiner zerzauster
Kopf hob sich mühsam, tränende Augen sahen
zu uns auf, die Nase war trocken und heiß, das
Fell hatte allen Glanz verloren. Ich nahm die Katze hoch: Sie war so leicht wie eine Feder. Es
schien, als wäre Blondie nach Wochen nur zurückgekehrt, um bei uns zu sterben.

Tanja und Sergej waren nähergetreten, blickten auf den Kater, niemand sagte ein Wort. Meine Mutter sah Tanja beschwörend an; Tanja
wandte sich Sergej zu, redete in Russisch auf ihn
ein, er wehrte ab, sie wurde eindringlicher,
schließlich nickte er, und Tanja lächelte: »Ihr
könnt ihn haben.«

Ich eilte mit der kranken Katze der Steintreppe entgegen, meine Mutter griff nach Tanjas und
Sergejs Händen.

Eine Stunde später kam Tanja mit Sandkiste

und Futterbüchsen. Wie immer, wenn sie sich für eine Sache entschieden hatte, packte sie sie tatkräftig an. Das Mitleid mit der kranken Katze hatte ihre Vorbehalte hinweggefegt, die Zuneigung zu uns ihren Widerstand beseitigt. Sie hockte sich vor den Stuhl, auf dem Blondie lag, streichelte ihn und teilte meiner Mutter mit, daß sie sie am Morgen zum Tierarzt fahren würde; sie habe ihn schon verständigt.

Nachdem Tanja gegangen war, hüllte ich die kranke Katze, die jegliche Nahrung verweigert hatte, in eine Decke. Das schien ihr gutzutun; sie rollte sich zusammen und schloß die Augen. Meine Mutter stellte den Sandkasten und einen Napf mit Wasser neben den Stuhl. In der Nacht stand jeder von uns mehrmals auf, um nach dem Kater zu sehen.

Pünktlich um acht Uhr früh brachen Tanja und meine Mutter, die sich den Tag freigenommen hatte, mit Blondie zum Tierarzt auf. Ich machte mich auf den Weg in die Redaktion.

Mittags rief ich zu Hause an. Der Arzt hatte eine lebensgefährliche Erkrankung diagnostiziert, aber Hoffnung ausgesprochen. Blondie müsse regelmäßig Medikamente eingeflößt bekommen, sagte meine Mutter, sie habe ihm die ersten Tropfen schon gegeben, er schlucke bereitwillig. Außerdem solle er warm gehalten werden. Futter sei ihm in kurzen Abständen und nur in winzigen Portionen zu verabreichen; er sei total unterernährt. Ich legte den Hörer mit Erleichterung auf: Wir drei würden es schaffen!

Nach vierzehn Tagen, in denen wir streng alle ärztlichen Anweisungen befolgt hatten, war die Krankheit fast überwunden. Der Kater lebte auf. Seine Augen tränten nicht mehr, sondern blickten mit dem alten Goldkäferglanz in die Welt, das Fell schimmerte über einem gekräftigten Körper, sein Unternehmungsgeist erwachte. Wir gingen mit ihm zur Haustür und schickten ihn mit guten Wünschen in die Wärme und Fülle des Sommers.

Tanja erschien mit einer Flasche Wodka, um auf seine Genesung anzustoßen, und während wir mit unseren Gläsern am Fenster standen, rollte sich Blondie im Gras, schnupperte an Blumen, haschte nach Heuschrecken – und registrierte mit einem Seitenblick den friedlichen Wassinka, der auf der Brüstung lag und die Augen über sein Reich schweifen ließ. Das neue Glück nahm seinen Anfang.

Schon am zweiten Tag, an dem Blondie krank bei uns lag, hatte ich die Mutter des kleinen Mädchens verständigt. Sie erklärte, daß wir die Katze natürlich behalten könnten, sie sei uns zugelaufen, wir wendeten Zeit, Mühe und Geld für sie auf, also gehöre sie uns. Das würde auch ihre Tochter einsehen. Im übrigen habe sie ohnehin vorgehabt, dem Kind eine neue Katze zu schenken, eine junge, die es aufziehen könne – »und Kinder vergessen schnell«. Diese Ansicht teile ich zwar nicht, sah aber in der gegebenen Situation keinen Anlaß zum Widerspruch. Abschließend wünschte sie uns, daß der »bildschöne Streuner« nun endlich seßhaft werde. Die Skepsis in ihrer Stimme war unüberhörbar.

Doch was immer in Blondies Kopf vorgegangen sein mochte, ihn zum Wechseln bewogen hatte: Es schien vorbei. Er haftete wie eine Klette an uns, verließ kaum noch den Garten, seine leidenschaftliche Zuneigung war fast beängstigend.

Kam meine Mutter mittags nach Hause, stürzte er sich in ihre Arme, umsang sie, forderte und erwiderte Liebkosungen im Übermaß. Mitgebrachte Leckerbissen blieben unbeachtet liegen, bis sein Schmusebedürfnis gestillt war. Erst dann ging er zu seiner Futterschüssel, unterbrach das Essen aber immer wieder und bat um weitere Streicheleinheiten. Mehrmals am Tag rannte er spontan auf meine Mutter oder mich zu; hoben wir ihn dann hoch, reckte er das Näschen dem Gesicht entgegen, legte uns die rechte Pfote auf die Wange, sang.

Bald schon, nachdem er gesund geworden war, entdeckten wir auch seine Sucht, zu telefonieren, und weil sie uns amüsierte, gaben wir ihm häufig Gelegenheit, sich »fernmündlich« zu äußern. So nahm meine Mutter jeden Besuch bei Bekannten, jeden größeren Einkaufsbummel wahr, um zu Hause anzurufen.

Blondie sauste beim Klingeln des Telefons immer sofort in die Küche aufs Fensterbrett, neben dem der Apparat hing, ich nahm den Hörer ab, und wenn es meine Mutter war, die anrief, ließ ich ihn horchen. Sie sprach langsam und deutlich mit ihm, Blondie antwortete, horchte erneut, antwortete wieder, bis ich den Dialog – zu seiner sichtbaren Enttäuschung – beendete.

Damit auch ich in den Genuß des Telefonierens mit ihm kam, rief meine Mutter nachmittags häufig in der Zeitung an. War ich dann nicht im Zimmer, schmetterte einer der Kollegen durch alle Räume: »Ann'marie, der Kater ist am Telefon!« – zum Befremden von Besuchern, die sich gerade zu diesem Zeitpunkt in der Redaktion aufhielten.

Tanja rückte von ihrem Vorurteil gegen »solche Katzen« allmählich ab. Sie beobachtete Blondie sehr genau und holte meine Mutter nach deren Heimkehr manches Mal zum Kaffee, um ihr zu erzählen, was ihr »Darling« in ihrer Abwesenheit trieb. So erfuhr sie, daß Blondie an einem Vormittag Tanjas sämtliche Blumentöpfe, die in den vorderen offenen Fenstern standen, hinausgekippt hatte – »er guckte gespannt, wohin sie fielen« –, anschließend in ihrer Küche aufgetaucht war, ein Kotelett vom Tisch gestohlen und es stolz davongetragen hatte. Auf die Frage meiner Mutter, warum sie ihn an beidem nicht gehindert habe, erklärte Tanja lächelnd: »Weil's so lustig war.«

Auch seine morgendliche Show, wenn er – nicht rechtzeitig heimgekommen – unseren Weggang verpaßt hatte, bereitete ihr Vergnügen. »Er steigt durch mein Küchenfenster, läuft nach oben, springt gegen eure Tür. Rührt sich nichts, kommt er wieder runter, zetert, weil keiner da ist, haut mit der Pfote nach mir, wenn ich ihn streicheln will, sucht Streit mit Wassinka. Bei euch kehrt er dann seine Schokoladenseite hervor. Er ist ganz schön raffiniert!«

Mit Raffinesse war es ihm auch gelungen, Sergej auf seine Seite zu ziehen. Nachdem er die Barriere Tanja mühelos beiseite geräumt hatte, nahm er sich den zurückhaltenden Mann vor. Er begrüßte ihn schnurrend, wann immer er auf ihn traf, strich ihm um die Beine, stieß ihn mit dem Kopf an – und Sergej widerstand ihm nicht lange. Ich sah ihn lächeln, sich hinunterbeugen, den Kater kraulen. Blondie befand sich offensichtlich auf Siegeskurs. Er durfte sogar Wassinka attackieren, weil Sergej meinte, der Ältere würde sich schon wehren, wenn es ihm zuviel wurde, und Jugend habe das Recht sich auszutoben, vor allem eine so hinreißende Jugend.

Nur einen gab es, der ihm nichts durchgehen ließ, und das war Enemy. Ihm hatte sich Blondie angeschlossen, seine Nähe schien er zu suchen, und Enemy duldete, daß er ihn begleitete. Griff er jedoch nach Enemys Schwanz, sprang er ihn seitlich an, wehrte ihn der Große mit der Pfote ab, oder er fauchte. Das genügte meist, Blondie zur Ordnung zu rufen. Nur einmal beobachteten wir eine Strafaktion. Als Blondie ein zweites Mal versuchte, sich durch die zerbrochene Scheibe des Kellerfensters im Nachbarhaus zu quetschen – nachdem Enemy ihn beim ersten Versuch abgedrängt hatte –, bezog er eine kräftige Ohrfeige.

Sein promptes Gefauche, die erhobene rechte Pfote, machten auf Enemy keinen Eindruck. Er wandte sich um und tigerte davon; Blondie zögerte, dann lief er hinter ihm her. Wir waren zufrieden, daß er wenigstens *einen* Erzieher hatte.

Wassinka hingegen ließ sich Blondies Übergriffe meist gefallen, vermutlich, weil er ihn als »Grünzeug« betrachtete und als Hausgenossen tolerierte. Blondie aber nutzte die Großmut des Älteren in einer Weise aus, die es uns unmöglich machte, mit beiden Katzen längere Zeit im gleichen Raum zu bleiben. Er drangsalierte Wassinka so lange, bis dieser resigniert die Wohnung verließ; als Folge der ständigen Vertreibung zog er sich mehr und mehr in sein eigenes Heim zurück.

Wenig harmonisch verliefen auch die Zusammenkünfte mit Enemy im häuslichen Bereich. Zwar griff Blondie Enemy nicht an, aber er war nervös, lief unruhig hin und her, und auch Enemy wirkte angespannt. Beide behielten einander ständig im Auge, keiner schnurrte. Wir beschlossen schweren Herzens, dem kleinen Tyrannen nachzugeben und die Wohnung von »Fremden« frei zu halten.

Allerdings ging unsere Vernarrtheit in Blondie nicht so weit, daß wir bereit gewesen wären, ihm zuliebe auf die Gesellschaft von Wassinka und Enemy zu verzichten. Wir verlagerten unsere Zusammenkünfte nur in andere Gefilde: Wassinka besuchten wir bei Tanja oder lockten ihn in den Garten, mit Enemy gingen wir auf den Spielplatz – meist zu den Stunden, in denen Blondie in einem unserer Betten schlief. Doch schon bald bewies er uns, daß wir nicht so schlau waren, wie wir zu sein glaubten.

Als wir von einem Stelldichein mit Wassinka zurückkehrten, kam er uns nicht entgegen, hatte sein Futter nicht angerührt, lag auf meinem Bett, ohne von uns Notiz zu nehmen. Wir redeten mit ihm, streichelten ihn; er sah uns an, sprang hinunter, ging ins Wohnzimmer, legte sich auf die Couch – den Kopf abgewandt. In der Nacht wollte er nicht hinaus, am Morgen wirkte er apathisch.

Wir waren besorgt, meine Mutter fuhr mit ihm zum Tierarzt, der sie beruhigte: Dem Kater fehle nichts. Doch Blondie ließ weiterhin das Futter stehen, spielte nicht, magerte ab, wurde täglich teilnahmsloser – und Tanja kramte alle ihre Vorurteile wieder heraus.

Es war schließlich meine Mutter, die sein befremdendes Verhalten aufklärte. Sie sagte: »Laß uns einige Tage lang weder Enemy noch Wassinka treffen, sondern bei Blondie bleiben. Ich habe nämlich die Idee, daß das Ganze nur Eifersucht ist.«

Ich war einverstanden, das Resultat des Experimentes in seiner Klarheit verblüffend.

Am ersten Tag, einem Freitag, reagierte er auf unser Daheimbleiben am späten Nachmittag, indem er vom Bett sprang, zu uns ins Wohnzimmer kam und uns beobachtete. In der Nacht aß er ein wenig. Am Samstag, an dem wir ihn keinen Augenblick lang allein ließen, wurde er lebhafter, verzehrte etwas mehr, und als ich ihm den Ball warf, schlug er ihn quer durchs Zimmer, jagte hinterdrein, sprang, seine Augen leuchteten, der Schwanz fegte über den Teppich. Eine halbe Stunde später ging er in die Küche, blieb ein Weilchen dort, und als meine Mutter nachsah, war die Futterschüssel leer. Der Sonntag verlief ähnlich wie der Samstag, ins Freie aber wollte er erst am Montag.

»Das war's dann wohl«, sagte meine Mutter erleichtert, als sie ihn aus dem Haus gelassen hatte. Daß Eifersucht die Ursache seiner Scheinkrankheit sein könnte, hatte sie vermutet, als sie – mit mir und Enemy auf dem Weg zum Spielplatz – einmal zurückgeschaut und Blondie reglos am Fenster hatte sitzen sehen.

Wir zogen daraus die Konsequenz, zu künftigen Treffen mit Enemy und Wassinka nur noch einzeln und zu unterschiedlichen Zeiten zu gehen, außerdem Blondies Blicke aus Fenstern einzukalkulieren; der Othello in ihm sollte möglichst nicht mehr geweckt werden.

Menschen können mit Tieren so kooperieren, daß beide Seiten glücklich sind; sie können das Leben der Tiere aber auch komplizieren – wie uns unser Katzentrio lehrte. Traten wir nicht in Erscheinung, waren Wassinka, Enemy und Blondie allein draußen, gab es zwar hin und wieder eine Auseinandersetzung, aber keine ernsthaften Streitereien; oft war sogar in der Art, in der sie miteinander umgingen, eine gewisse Toleranz zu beobachten – selbst bei Wassinka. Sobald jedoch meine Mutter oder ich auftauchte, entstand Aggressivität: Alle drei liefen herbei und waren sich gegenseitig im Weg; Blondie fauchte Wassinka an, Wassinka fauchte zurück,

Enemys Ohren legten sich nach hinten, sein Rükkenfell stellte sich auf. Unsere Versuche, allen gerecht zu werden, wurden von keinem honoriert.

Einblick in das nächtliche Treiben der Katzen erhielten wir gelegentlich vom Fenster aus – nur Blondie bezog uns in sein Nachtleben ein, indem er manches Mal einen »Kumpel« mitbrachte, der uns schnurrend und schmeichelnd seine Aufwartung machte. Er wurde bewirtet, wir spielten mit ihm und beförderten ihn schließlich – zusammen mit seinem Gastgeber – wieder ins Freie.

Anfangs hatte meine Mutter, aus Angst, Blondie könne etwas geschehen, ihn nachts im Haus zu halten versucht. »Bleib doch da«, beschwor sie ihn, »einmal wirst du nicht mehr heimkommen«, aber er war nicht zu bewegen, in der Wohnung zu bleiben – und meist versuchte er, uns mit hinauszulocken. Einige Male waren wir darauf eingegangen; er hatte Katzen begrüßt, war ein Stückchen weggelaufen, hatte die Straße beobachtet, war wiedergekehrt, um zu schmusen. Wahrscheinlich wäre es ihm am liebsten gewesen, wenn wir unsere Betten in den Garten gestellt hätten.

Morgens saß er dann zusammen mit Wassinka vor der Haustür, und beide warteten geduldig darauf, eingelassen zu werden. Doch sobald meine Mutter die Tür geöffnet hatte, war der Frieden dahin. Blondie versetzte Wassinka eine Ohrfeige, ehe er die Treppe hinaufstürmte, Wassinka knurrte, und oft gerieten sie einander mit so viel Lärm in die »Pelze«, daß alle Hausbewohner erwachten – und Tanja im Morgenmantel kopfschüttelnd auf der Bildfläche erschien. Immer aber war es Blondie, der den Angriff startete. Er prügelte sich generell gern; daran hatte auch die Kastration nichts geändert.

Nach derartigen sportlichen Betätigungen kam er besonders gut gelaunt nach Hause – einmal jedoch so verschmutzt, als hätte er einen Ringkampf im Schlamm absolviert. Nur die Goldkäferaugen im grauschwarz verfleckten Gesicht, ein standartenhaft erhobener Schwanz und das verzückte Geschnurre verrieten den Aristokraten. Um seine naturgegebenen Farben wieder zum Vorschein zu bringen, setzte ihn meine Mutter ins Waschbecken, ließ warmes Wasser über ihn laufen und frottierte ihn anschließend trocken. Die Säuberungsaktion artete umgehend in eine Spiel-Orgie aus.

Blondie spielte gern und mit allem, was ihm zwischen die hübschen weißen Pfoten geriet – von der Garnrolle bis zum Wiener Würstchen; am liebsten aber spielte er mit uns »Schnürchen ziehen«, wobei wir uns vor seinen nadelscharfen Krallen, seinen spitzen Zähnen in acht nehmen mußten. Denn die Übersteigerung, die charakteristisch für sein Wesen war, schlug sich auch beim Spielen in einer Art Ekstase nieder.

Eines Abends jedoch war ich unaufmerksam, in Gedanken wohl schon beim bevorstehenden Nachtdienst, er erwischte statt des Schnürchens meine rechte Hand; ich schrie, die Hand blutete und schmerzte beträchtlich.

Blondie erschrak, das Schnürchen war vergessen, er sah zu mir auf, strich mir zärtlich um die Beine. Ich aber hielt ihm verärgert die Hand unter die Nase, schob ihn weg, verpflasterte die Wunde, zog den Mantel über, nahm die Aktentasche und verließ das Haus – zum ersten Mal ohne ihm adieu zu sagen.

Als ich lange nach Mitternacht heimkehrte, glitt aus dem Dunkel der Treppe eine kleine goldfarbene Gestalt ins Licht des Hausflurs, ich ließ die Tasche fallen, Blondie sprang mir in die Arme, schnurrte, sang. Schmerz und Ärger – vorher schon fast vergessen – schwanden vollends. Ich drückte den Kater an mich, schmiegte mein Gesicht in sein Fell.

Blondie habe sich gleich nach meinem Weggang auf der Treppe postiert und nicht weggerührt, erzählte mir meine Mutter, »er wollte weder raufkommen noch rausgehen. Er hat die ganze Zeit auf dich gewartet.« Daß dieses extrem anhängliche Tier ein bindungsloser Zigeuner gewesen war, setzte uns nachträglich immer wieder in Erstaunen.

Eine auffallende Veränderung in seinem Verhalten Fremden gegenüber beobachtete ich erstmals an einem Spätnachmittag im August vom Fenster aus: Blondie, der im Garteneingang saß, wich zurück, als ein alter Herr ihn streicheln wollte. Bis zu diesem Zeitpunkt hatte er sich von jedem Menschen anfassen lassen, war oft auch Lockrufen gefolgt – vertrauensvoll, wie alle jungen Katzen, die in menschlicher Obhut leben; erwachsen werden die meisten zurückhaltender. Diese Entwicklung schien sich auch bei Blondie anzubahnen. Seit jenem Tag lief er keinem Fremden mehr entgegen, ließ sich selbst von Tanja und Sergej nicht mehr berühren.

Auf Abstand zu Menschen ging er auch in der Wohnung. Hatte er zuvor alle unsere Gäste beschnuppert und sich bei manchen auf dem Schoß niedergelassen, so hielt er sich nun abseits, mied jeglichen Körperkontakt – und versuchte schließlich sogar, Besuchern das Bleiben zu verleiden. Die Premiere dieser Art von Inszenierungen fand an einem Nachmittag statt, an dem mich mein Freund Eddie besuchte, um eine berufliche Frage mit mir zu erörtern.

Meine Mutter und Tanja waren zusammen weggegangen, Blondie schlief auf meinem Bett, während ich in der Küche hantierte. Gegen siebzehn Uhr kam Eddie. Wir tranken die zweite Tasse Tee, Eddie redete lebhaft auf mich ein, als Blondie im Wohnzimmer auftauchte. Er blieb stehen, sah von mir zu Eddie, trödelte dann in die Küche und miaute. Ich stand auf, um festzustellen, was er zu beanstanden hatte. Er saß vor der leeren Futterschüssel und blickte mich vorwurfsvoll an. Da er erst kurz zuvor gut und ausgiebig gespeist hatte, streichelte ich ihn nur kurz und kehrte zu Eddie zurück.

Ein Weilchen blieb es in der Küche still; dann erschien Blondie, spazierte zur Wohnungstür und machte mir klar, daß er auszugehen wünschte. Ich ging mit ihm die Treppe hinunter und öffnete ihm die Haustür. Etwas später hörte ich seine Stimme unter dem Fenster, beugte mich hinaus, sah, daß er hinein wollte, trabte erneut nach unten.

Kaum hatte ich mich wieder gesetzt, holte er ein Papierknäuel aus einer Spielzeugkiste, legte es auf meinen rechten Fuß, postierte sich davor. Die Goldkäferaugen hypnotisierten mich.

Verständlicherweise wurde Eddie infolge der ständigen Unterbrechungen langsam nervös – und in mir kam der Verdacht auf, daß Blondies Aktivitäten einzig dem Zweck dienten, meine Aufmerksamkeit von dem Besucher weg und zu sich hin zu lenken.

Nachdem ich das Knäuel etwa zehnmal geworfen und danach »Schluß« gesagt hatte, ging Blondie zu einer neuen Taktik über. Er sprang auf meinen Schoß, legte die Pfoten auf meine Schulter, rieb den Kopf an meinem Gesicht, sang. Ich schmuste mit ihm, setzte ihn dann hinunter und bat ihn, mich nun endlich in Ruhe zu lassen. Er entschwand in mein Zimmer.

Ich atmete auf, konzentrierte mich wieder auf Eddies Problem – plötzlich gab es nebenan einen großen Knall. Wir fuhren zusammen, ich lief hinüber: Vor dem Tisch schwammen Margeriten und unzählige Glasscherben in einer großen Wasserlache; auf dem Schrank thronte der Kater und blickte vergnügt auf die Reste unserer kostbarsten Vase.

Zwischen Lachen und Ärger schwankend, holte ich Wischlappen und Eimer, Eddie rüstete sich entnervt zum Aufbruch, mit der Bitte, das Gespräch am nächsten Tag bei ihm fortzusetzen, Blondie stand neben mir und schnurrte laut. »Der ist froh, daß ich gehe«, sagte Eddie mit gequältem Lächeln. Die Lage ließ auch keine andere Deutung zu.

Nicht jeder unserer Bekannten aber reagierte wie Eddie, wenn Blondie sein Programm abspulte. Für die meisten waren seine Vorstellungen ein besonderer Anreiz zu kommen – inklusive der Schnurrarien, wenn sie gingen.

Doch so ungern Blondie Besucher in seinen

Räumen sah – mit Ausnahme der »Katzenkumpel«, die er nachts anschleppte –, so gern machte er selbst Besuche. Interessiert an allem, was sich in seinem Umkreis bewegte, von einer Neugier, die die Neugier aller anderen Katzen übertraf, hatte er nicht die geringste Hemmung, in fremde Wohnungen einzudringen.

Bei Tanja und Sergej ging er ohnehin nach Belieben ein und aus. Aber auch bei dem Ehepaar, das im oberen Stockwerk wohnte, stiefelte er schnurstracks in den Flur, wenn die Wohnungstür offenstand; war sie geschlossen, kratzte er energisch. Wir hatten den beiden gesagt, sie sollten ihn hinauswerfen, sollten sein Kratzen überhören, aber sie hatten uns versichert, sie freuten sich über seine Besuche; sie bedauerten nur, daß er sich nicht streicheln ließ.

Eines Nachts jedoch brachten seine Eskapaden meine Mutter in eine peinliche Situation. Als sie mit ihm die Treppe hinunterging, um ihn hinauszulassen, drehte er im Hausflur ab, lief ins Basement und schlüpfte durch die angelehnte Tür in das Zimmer des Mechanikers, dessen dröhnendes Schnarchen bis in den Vorraum drang. Meine Mutter zögerte, das Zimmer zu betreten, rief von der Tür aus leise Blondies Namen, hoffte, er würde wieder zum Vorschein kommen. Die Hoffnung trog.

Nachdem sie ein paar Minuten gewartet hatte,

ohne daß er aufgetaucht war, schlich sie ins Zimmer, blickte unter das Bett des unvermindert »sägenden« Mannes, zog den laut protestierenden Kater am Schwanz hervor, verließ fluchtartig die fremden vier Wände und schloß die Tür. Der Mechaniker war glücklicherweise nicht wach geworden. Blondie stolzierte in die Nacht hinaus, meine Mutter beruhigte sich mit einer Tasse Tee. Nächte mit Katern haben ihren eigenen Reiz!

Die Hausbewohnerin, die wir am besten kannten, weil ihre Zweizimmer-Wohnung an die unsere grenzte, war eine freundliche alte Dame. Sie besaß einen schon recht betagten Kanarienvogel, an dem sie sehr hing. Wassinkas wegen hatte sie anfangs immer darauf geachtet, daß ihre Wohnungstür geschlossen war. Doch im Laufe der Zeit hatte ihre Wachsamkeit nachgelassen, sie wußte, daß er keine fremden Räume betrat, und auch als er häufig zu uns hinaufkam, hatte sie sich keine Sorgen gemacht. Er horchte zwar, wenn der Vogel sang, geriet aber offensichtlich niemals in Versuchung, in dessen Lebensbereich einzudringen.

So hatten die beiden schon einige Jahre in friedlicher Koexistenz hinter sich gebracht, als Blondie einzog. Um eventuelle Gefahren für den Vogel abzuwenden, baten wir die Nachbarin, ihre Tür strikt geschlossen zu halten, was sie versprach. Doch einmal vergaß sie es – und das Unglück geschah.

Meine Mutter und ich saßen beim Tee; wo Blondie steckte, wußten wir nicht. Plötzlich vernahmen wir den Angstschrei eines Vogels, ich sprang auf, lief in den Flur, meine Mutter folgte – die Wohnungstür der Nachbarin stand offen; gleich darauf tauchte aus dem Nebenzimmer etwas verschlafen die alte Dame auf, die Treppe hinauf stürmten Tanja und Wassinka, Blondie angelte mit der rechten Pfote durch die Gitterstäbe nach dem flatternden Vogel.

Ich ergriff ihn beim Schwanz und nahm ihn hoch, die Nachbarin versuchte, den Vogel zu beruhigen, Wassinka blickte aus seinen Nixenaugen zu uns auf, als wollte er sagen: »Da habt ihr's, der natürlich!«

Tanja langte nach Blondie, ich gab ihn ihr, und mit der Bemerkung »Du verschwindest jetzt wohl besser«, brachte sie ihn die Treppe hinunter. Wassinka blieb bei uns, meine Mutter fragte die alte Dame, ob sie ihr in irgendeiner Weise behilflich sein könne.

Ich ging zurück in unsere Wohnung, öffnete das Fenster und sah Blondie mitten auf dem Rasen sitzen. Er wirkte etwas perplex, vermutlich wunderte er sich über die Aufregung. Der Vogel aber überlebte den Schrecken nur eine halbe Stunde.

Niedergedrückt sprachen wir der Nachbarin unser Mitgefühl aus. Sie sagte nur, wir sollten uns keine Gedanken machen, der Vogel sei so alt gewesen, daß er möglicherweise ohnehin bald gestorben wäre. Sie begrub ihn im Garten, ich ging ihr zur Hand, Tanja, Wassinka und meine Mutter bildeten die Trauergemeinde. Blondie tauchte nicht auf, auch Enemy ließ sich nicht blicken, woraus wir schlossen, daß beide gemeinsam unterwegs waren.

Es war Ende September geworden. Der Wind trieb weiße Wolken durch tiefes Blau, fegte rotgoldene Blätter über graue Straßen und Plätze; eines Nachmittags aber drehte er von Nord auf Süd und schlief unvermittelt ein. Die Luft erwärmte sich, die Sonne strahlte. Für ein paar Stunden hatten wir die Illusion, der Sommer käme zurück.

Die Katzen hatten es zuerst gespürt. Sie lagen in den Gärten, die kleinen Gesichter mit den Rätselaugen dem Licht zugewandt, auch Wassinka, Enemy und Blondie waren draußen. Wassinka lag auf der Brüstung, Enemy neben seinem Heckenplatz, Blondie in Tanjas Liegestuhl, den sie noch einmal aus dem Basement geholt hatte, und jeder ließ dem anderen seinen Frieden.

Gegen Abend kam Blondie nach oben, wollte schmusen, hatte Hunger, zog wieder davon. Eine Stunde später, es war dunkel geworden, die

Luft aber noch immer warm, ging auch ich hinunter, schlenderte durch den vorderen Teil des Gartens in den hinteren – und fiel fast über eine Katzenversammlung, die in der Nähe der Büsche »tagte«. Ich sah alle bekannten Gesichter: Enemy war dabei, Blondie, Wassinka, drei Nachbarkater und die kleine Tigerkatze, Enemys Freundin. Sie lagen im offenen Kreis, die Augen halb geschlossen, die Vorderpfoten eingeschlagen und schienen zu meditieren. Ich zog mich zurück, betrat die Straße, schlenderte unter den Bäumen entlang – ohne Ziel.

Plötzlich berührte etwas Weiches mein rechtes Bein; Blondie stand neben mir. Ich nahm ihn hoch, ging mit ihm in den Armen ein Stückchen weiter, kehrte dann um. Er schmiegte sich an mich und schnurrte. Vor der Haustür setzte ich ihn hinunter, er blieb bei mir, strich um mich herum, miaute leise, schien um meine Gesellschaft zu bitten. Ich setzte mich auf die Steintreppe, er sprang auf meine Knie, ich streichelte ihn, ließ die Blicke über den Spielplatz schweifen ...

Als mir kühl wurde, stand ich auf, strich Blondie zum Abschied über den Kopf, trat ins Haus. Meine Mutter saß am Erkerfenster, die Lampe war nicht eingeschaltet; sie hatte ihre Handarbeit sinken lassen und blickte hinaus.

Ich erzählte ihr von der Versammlung im Garten, vom Dämmerstündchen mit Blondie, öffnete leise das Fenster und gemeinsam sahen wir hinunter: Er saß noch immer auf der Treppe, im Licht der Straßenlaternen schimmerte sein Fell in mattem Goldglanz, seine Regungslosigkeit gab dem Bild etwas Unwirkliches. Er schien mir schöner denn je – und zerbrechlicher. Schließlich erhob er sich, ging langsam die Treppe hinunter, verließ den Garten. Wir sahen ihm – schweigend – nach, bis er verschwunden war. Dann schaltete meine Mutter das Licht ein und nahm ihre Handarbeit wieder auf; ich blätterte in der Zeitung. Keiner sagte etwas. Eine seltsame Bedrückung hing in der Luft. Ich führte sie auf das Wetter zurück.

In der Nacht lebte der Wind wieder auf, verstärkte sich. Regen setzte ein, schlug gegen die Scheiben. Ich schlief unruhig, erwachte müde und zerschlagen.

Beim Frühstück war meine Mutter ungewohnt schweigsam.

Tastend fragte ich: »Fehlt dir was?«

Sie schüttelte den Kopf: »Nein, ich habe nur schlecht geschlafen und gegen Morgen etwas Merkwürdiges geträumt. Es war so deutlich . . .«

Ich setzte die Kaffeetasse ab. »Erzähl.«

Sie blickte über mich hinweg. »Ich hab' von Blondie geträumt«, sagte sie leise, »er sprang zu mir aufs Bett, sah mich lange an, legte mir die rechte Pfote auf die Wange; sie war anfangs ganz

warm, wurde dann zunehmend kälter, und allmählich wich Blondie immer mehr zurück, seine Konturen lösten sich auf, ich wollte ihn festhalten, griff in die Luft und erwachte.«

Ein kühler Schauer wehte mir über den Rük-
ken. Ich stand auf, ging zum Fenster.

Meine Mutter war mir mit den Augen gefolgt.
»Er ist nicht unten«, sagte sie.

»Vielleicht ist er hinten im Garten«, murmelte
ich, durchquerte das Zimmer, lief die Treppe
hinunter, öffnete die Haustür, rief: Keine Antwort. Still blieb es auch im hinteren Teil des Gartens – und plötzlich wußte ich – wußte es mit
schrecklicher Sicherheit: Blondie war tot.

Wie in Trance schlich ich die Treppe hinauf,
betrat die Wohnung, meine Mutter sah mir entgegen – und ich erkannte: Sie wußte es auch.

Ich ging zum Telefon, ließ mich mit der Abfall-
beseitigung der Stadt verbinden, fragte, ob in unserer Straße eine tote Katze gefunden worden sei
– und hörte, was ich nicht hören wollte, wogegen
sich alles in mir wehrte. Ja, hieß es, gegen sechs
Uhr habe man an der Ecke, an der unsere Straße
in die Hauptstraße einmündete, eine überfahre-
ne Katze aufgelesen; welche Farbe sie gehabt habe, könne man mir leider nicht sagen; nur die
Anzahl toter Tiere würde registriert. Aber in unserem Umkreis sei es die einzige gewesen.

Mit leichtem Zittern hängte ich den Telefonhörer in die Gabel, meine Mutter war neben mich getreten. »Dein Traum«, sagte ich nur. Sie nickte.

Doch wider besseres Wissen, wider alle Vernunft warteten wir, warteten jeden Tag, jede Stunde auf Blondies Rückkehr. Wir gingen durch Straßen, sahen in Gärten, fragten Leute, erblickten alle Katzen, die wir kannten. Wir spürten den Regen nicht und nicht die zunehmende Kälte, wir suchten und warteten. Wir warteten noch, als schon Schnee die Straßen deckte . . .

Fünf Monate hat das Glück mit Blondie gedauert – so kurz, dachte ich damals bitter. Aber darf man an Glück, an vollkommene Freude, den Zeitmesser legen? Aus dem Abstand der Jahre zählt nicht mehr, wie lange es gedauert, sondern nur: daß es dieses Glück gegeben hat.

Abschied von Winnipeg

*W*ährend Enemy in seiner warmen Kiste lag und vermutlich dem Frühling entgegenträumte, war ich damit beschäftigt zu klären, was sich mir an kanadischer Zukunft bot. Die Tätigkeit im »Courier« war Routine geworden, sie über weitere Jahre auszudehnen, schien mir nicht sinnvoll; hinzu kam, daß ich mich in meine Partnerschaftsbeziehung nicht endgültig einbinden wollte, weil ich an ihrer Tragfähigkeit zweifelte und – die altvertraute Unruhe. Wieder einmal griffen mehrere Dinge ineinander, bewirkten, daß meine innere Uhr zu ticken begann, Aufbruch signalisierte.

Ich schrieb an alle kanadischen Institutionen, bei denen ich mir Stellungschancen ausrechnete, Erkundungsbriefe. Doch sie brachten nichts ein, außer der Erkenntnis, daß mein Englisch für qualifizierte – und entsprechend dotierte – Positionen nicht ausreichte. Darüber waren drei Monate vergangen; ich wartete auf einen Anstoß von außen, der mir eine neue Richtung zeigen sollte. Er kam aus Deutschland.

Ich hatte einige Katzenerzählungen verfaßt, sie an eine Rundfunkanstalt und zwei Zeitschriften geschickt. Das positive Echo deutete ich als Zeichen, daß die Sterne heimwärts wiesen, ohne von dieser Vorstellung beglückt zu sein.

Auch meine Mutter zog nichts zurück; doch sie verstand, daß ich im »Courier« keine Zukunft für mich sehen konnte und wollte mich nicht allein gehen lassen. »Du weißt, zu zweit ist alles leichter«, erinnerte sie mich an unsere einschlägigen Erfahrungen in Neuanfängen. Ich mußte ihr recht geben.

Um uns langsam umstellen zu können, beschlossen wir – Mitte April – mit der Bahn nach Montreal zu fahren, dort in einem Hotel zu übernachten und am nächsten Morgen mit der »Alexander Puschkin«, einem russischen Schiff, das auf seiner Route nach Leningrad auch in Bremerhaven anlegte, die Heimreise anzutreten.

Die Zeit, die uns verblieb, schien ihren Ablauf zu beschleunigen. Rascher waren Tage niemals vorübergegangen – und jeder, der verrann, zog mir ein Stück kanadischen Bodens unter den Füßen weg, trieb mich der gewollt-ungewollten Zukunft schneller entgegen. Die Erinnerung an deutsche Enge, Zwänge, Konventionen setzte sich in jene bedrückenden Bilder um, die vom Gefühl einer uneingeschränkten persönlichen Freiheit fast ausgelöscht worden waren. Nun kehrten sie wieder – auch in den Briefen meiner Freundin, die uns in Hamburg eine Wohnung beschaffen wollte. Ich reagierte, indem ich in jede Stunde, die mir noch gehörte, hineinpreßte, was sich nur hineinpressen ließ.

Den größten Schatten warf die bevorstehende Trennung von Enemy. Ich intensivierte das Zusammensein mit ihm, besuchte ihn mehrere Male täglich – und setzte meine Aufzeichnungen über ihn fort, die ich im Dezember begonnen hatte. Ich wollte keine Einzelheit aus dem Gedächtnis verlieren, wollte festhalten, was die Realität mich freizugeben zwang. Nur der Glaube, daß Enemy in seiner wundersamen Existenz auch weiterhin geborgen sein werde, tröstete mich ein wenig.

Im »Courier« spielte ich häufiger als zuvor mit Lena, einige Male ging ich zu Leos Grab, dem kleinen verschneiten Hügel, auf dem ein paar Tannenzweige lagen, zweifellos ein Gruß seines indianischen Freundes, bei gutem Wetter wanderte ich in Gesellschaft von Wassinka durch die schönen stillen Straßen, blickte oft in den weiten Himmel, dachte wehmütig an Blondie – und packte, suchte Behörden auf, ließ Formulare ausfertigen. Meine Mutter war niedergedrückt und nicht sehr gesprächig. Wir taten uns mit unserem Entschluß schwerer, als wir uns gegenseitig eingestanden.

Schon im März – ungewöhnlich früh für Winnipeg – hatte sich der Winter zurückgezogen; als wir aufbrachen, war es bereits warm, und der uralte Indianer, der als Wetterprophet galt, kündigte einen langen, schönen Sommer an . . .

Müde von vielen Fare-Well-Parties und emotionellem Streß stiegen wir zu Tanja ins Auto – nach einem bewegenden Abschied von Enemy. Er hatte längst wieder seinen Heckenplatz in Besitz genommen und kam sofort heraus, als wir aus dem Haus traten, lief auf uns zu, strich uns um die Beine.

Wir hockten uns nieder, er setzte sich; wir streichelten ihn, erklärten ihm, daß wir für immer weggehen müßten, aber oft an ihn denken würden, er solle gut auf sich aufpassen, gesund bleiben, uns nicht vergessen . . . Tanja wandte sich ab.

Enemy blickte aufmerksam von einem zum anderen; dann legte er mir die rechte Pfote auf den Arm – mir liefen die Tränen über die Wangen –, ich sah zum letzten Mal in seine »wissenden« Augen, das Bild brannte sich ein . . . Als Tanja den Wagen startete – Sergej winkte aus dem Fenster, Wassinka saß neben ihm –, nahm ich Enemy nur noch verschwommen wahr . . .

Wie sein Leben ferner verlief, erfuhren wir aus Tanjas Briefen; der erste traf drei Monate nach unserem Weggang ein. Sie schrieb, daß es

Enemy gutginge, er aber immer nach uns Ausschau hielt. Im Oktober hieß es, er sei seit Tagen verschwunden, offenbar habe er ein neues Winterquartier. Im Frühling darauf kehrte er zurück, nahm seine uns vertraute Lebensweise wieder auf – und bei diesem Wechsel blieb es.

Im Mai 1974 teilte Tanja uns Wassinkas Tod mit; fünf Jahre später ihren bevorstehenden Umzug in eine entfernte Gegend. »Leider«, schrieb sie, »verliere ich Enemy nun aus den Augen, aber ich werde die neuen Besitzer des Hauses, es sind Anglokanadier, bitten, ihm seinen Platz in der Hecke zu lassen. Seitdem Wassinka tot ist, hatte er es sehr schön, weil Sergej ihn in Frieden gelassen hat. In letzter Zeit kommt er mir dünner vor als früher, seine Bewegungen sind langsamer geworden, und er springt vorsichtiger. Sonst aber ist er unverändert. Er steht auch immer wieder einmal unter Eurem Fenster und blickt still hinauf. Es sieht aus, als lege er eine Gedenkminute ein. Er wird Euch wohl niemals vergessen.«

Das war die vorletzte Nachricht über den zu diesem Zeitpunkt etwa sechzehnjährigen Kater. Die letzte erhielten wir im Frühjahr 1980; Tanja hatte erfahren, daß er aus seinem Winterquartier nicht zurückgekehrt war ...

Ich empfand die Trauer, die man beim Ableben eines geliebten Freundes empfindet; doch der Schmerz war ohne Stachel. Nach dem Gesetz der Wahrscheinlichkeit hätte Enemy wie fast alle herren- und heimatlosen Katzen verwildern, erkranken, schließlich irgendwie umkommen müssen. Ihn aber hatte das Schicksal nicht nur vor allem Unheil bewahrt, es hatte ihm Freiheit und Selbstbestimmung geschenkt, Verständnis und Zuneigung von Menschen, Hilfe in Notfällen – ein langes, wunderbares Leben ... Doch ich bin – wie es so schön heißt – den Ereignissen vorausgeeilt.

Als wir den Winnipeger Bahnhof erreichten, stand der Zug auf dem Gleis startbereit. Vor uns lagen dreitausend Kilometer Fahrt; einen Tag, eine Nacht, einen Vormittag würden wir auf rollenden Rädern verbringen. Das große Gepäck war bereits abgegangen.

Tanja steckte uns Geschenke in die Taschen, meine Mutter dankte ihr für alles, was sie uns in den zweieinhalb Jahren gegeben hatte. Ich betrachtete den Bahnsteig, die wenigen Reisenden, sah neidvoll auf die Bahnbeamten, die bleiben konnten, verfluchte meinen Rückkehrentschluß, ließ die Blicke über das Bahnhofsgelände hinausschweifen, dachte: Werd' ich das alles jemals wiedersehen? – und fühlte mich energisch am Hosenbein gezogen.

Ich beugte mich hinunter, tippte auf die kleine graue Pfote, die durch die Stäbe des Transportkorbes gelangt hatte, strich mit einem Finger über den bildhübschen Kopf, zwei moosgrüne Augen blickten ungeduldig: Winnie wollte hinaus, wollte die fremde Umgebung in Augenschein nehmen. »Das geht jetzt nicht«, ermahnte ich sie, »Du wirst sowieso noch genug neue Eindrücke kriegen.« Sie miaute Protest.

Tanja sah auf die Uhr: »Ihr müßt einsteigen.« Sie umarmte meine Mutter, dann mich, wir ergriffen die Taschen, suchten unser reserviertes Zweierabteil auf, Tanja reichte mir den Katzenkorb durchs Fenster, langsam setzte sich der Zug in Bewegung. Tanja winkte, wir winkten, Tanja wich zurück, Winnipeg wich zurück, der Zug beschleunigte seine Geschwindigkeit, eilte an riesigen Weizenfeldern vorüber. Bald würde er in die Wildnis eintauchen.

Wir machten es uns bequem, meine Mutter auf dem kleinen Sofa, ich im bequemen Sessel gegenüber. Vor dem Fenster saß Winnie, deren Anwesenheit im Abteil noch geregelt werden mußte – laut Vorschrift hatte sie im Gepäckwagen zu reisen – und sah interessiert hinaus. Meine Mutter strich liebevoll über ihr seidiges Fell; ich dachte – mit zweispältigen Gefühlen – an Deutschland . . .

Winnie – das Glück der späten Jahre

Das Rollen des Zuges schläferte ein. Meine Mutter hatte sich zurückgelegt und die Augen geschlossen. Ich blickte in dichten Busch, der sich von Zeit zu Zeit öffnete, die Sicht auf Felsen, Flüsse, Wasserfälle freigab. Winnie tigerte umher, verschwand in dem winzigen Waschraum, wo Sandschüssel und Futternäpfe standen, tauchte wieder auf, schlug ihren Papierball aus dem Korb, spielte. Der Wechsel ihres Lebensumfeldes schien sie nicht im geringsten aus dem Gleichgewicht gebracht zu haben.

Sie ging in ihren achten Monat. Neunwöchig hatten wir sie geholt, weil wir über Blondies Verlust leichter hinwegzukommen meinten, wenn uns wieder etwas Eigenes umschnurrte, das wir dann – wohin auch immer – mitnehmen konnten. Die Anschaffung einer Katze zu vertagen, bis wir in Deutschland Fuß gefaßt hätten, wäre zweifellos »vernünftig« gewesen, wurde aber nicht einmal erwogen.

Eine ungeklärte Zukunft – und Blondies Tod – vor Augen, hatten wir allerdings beschlossen, die »Neue« von vornherein an ein Leben in der Wohnung zu gewöhnen, und das konnte unserer Überzeugung nach nur gelingen, wenn sie sehr jung war.

Unter diesem Gesichtspunkt hatte ich die Anzeigen in der »Winnipeg Free Press« durchsucht und war schließlich an einem silbergrauen »Part Persian« hängengeblieben. Nach telefonischer Verabredung fuhren wir zu der angegebenen Adresse – und wurden in ein Katzenparadies geführt.

Das geräumige Basement war mit dunkelgrünem Teppichboden ausgelegt, auf einem großen Geviert von Steinfliesen standen Näpfe mit Futter und Wasser, an der Wand Plastikschüsseln mit Sand. Auf zwei alten Sesseln turnten drei braungestromte Katzenjunge, Stoffmäuse und Holzkügelchen lagen herum – und mitten im Raum saß eine große, silbergrau getigerte, halblanghaarige Katze und sah uns ruhig entgegen.

Die Frau, die uns in Empfang genommen hatte, begrüßte die Katze, ging dann zu einer der Boxen, aus der ein Köpfchen lugte, zog den Winzling heraus und drückte ihn mir in die Hände. Es war die Mutter in Miniaturausgabe: die gleiche Fellfarbe, die gleiche Zeichnung, der Ansatz zu dem gleichen langen Haar. Ich war entzückt.

Nach einem herzlichen Abschied von der freundlichen Frau, die uns allen »Good luck«

wünschte, setzten wir unsere Neuerwerbung in eine ausgepolsterte Reißverschlußtasche und stiegen ins wartende Taxi. Während der Fahrt blickten wir immer wieder in die Tasche: Zwei große, lebendige Augen musterten uns, die kleine Nase schnupperte an unseren Fingern.

In der Wohnung trollte das Kätzchen sofort durch alle Räume, sprang in die Sandschüssel, scharrte, lief in die Küche, aß ein wenig Babynahrung, erkletterte den Sessel, in den meine Mutter sich gesetzt hatte, ließ sich auf ihren Schoß plumpsen und versuchte zu schnurren, was noch nicht so recht gelang. Ich machte ein Papierknäuel, warf es auf den Teppich, der Katzenzwerg sauste los, stieß es an, schlug mit der Pfote, fauchte und war für die nächste Stunde beschäftigt.

Um – eventuelle – Differenzen mit Sergej zu vermeiden, hatten wir beschlossen, Winnie erst einmal »im Untergrund« zu halten. Auch Tanja wußte nichts von ihrer Existenz; sie sollte ihrem Mann gegenüber unbefangen sein. Aber wir rechneten auf ihr Verständnis und – für den Ernstfall – mit ihrem Durchsetzungsvermögen.

Ich beobachtete die Mini-Katze von der ersten Stunde an sehr genau, erinnerte mich an Lola, die Jahrzehnte zuvor, nur wenig älter, zu uns gekommen war und an andere Katzen dieser Altersstufe: Winnie schien mir die selbständigste und sorgloseste zu sein.

Schon in der ersten Nacht, der wir mit etwas Bangen entgegensahen, weil wir fürchteten, daß sie nach der Mutter verlangen werde, schlief sie, an mein Gesicht geschmiegt, tief und fest. Ich vernahm nicht den geringsten Klagelaut. Offensichtlich hatte sie ihre Babytage schwungvoll über die kleine Schulter geworfen – entschlossen, das unbekannte Leben mit allen vier Pfoten anzupacken.

Sie hörte aufmerksam zu, wenn wir mit ihr sprachen, und kannte nach zwei Tagen ihren Namen. Sie hängte sich meiner Mutter an den Rock oder kletterte an ihr hinauf, sie trug mir ihr Papierknäuelchen überallhin nach, sie hangelte sich in alle Schubladen, die ich öffnete. Jeden Abend hatte ich das fragwürdige Vergnügen, auf die Suche nach Kugelschreibern zu gehen, nach Münzen, Knöpfen, Streichholzschachteln, oder was immer ich hatte herumliegen lassen. Sie erzog mich zu mustergültiger Ordnung.

Kam meine Mutter mittags nach Hause, lief sie ihr hocherhobenen Schwänzchens entgegen, wartete auf Essen und hopste dann auf die Couch, wo sie umgehend in tiefen Schlaf fiel. Manchmal fand meine Mutter sie auch inmitten ihres Spielzeugs eingeschlafen vor. Saßen wir abends beieinander, setzte sie sich zwischen uns auf den Teppich und starrte uns so konzentriert an, als habe sie Angst, es könne ihr etwas Wichtiges entgehen.

Über sieben Wochen gelang es uns, ihre Anwesenheit vor Tanja und Sergej zu verbergen. Eines Abends aber platzte Tanja unerwartet herein, Winnie sauste durchs Zimmer, direkt auf sie zu, Tanja rief »Huch«, und Winnies Untergrundexistenz war beendet. Tanja betrachtete sie, sagte, sie sei »entzückend«, und machte sie damit »offiziell«.

Eine Stunde später geschah etwas Erstaunliches. Sergej, der noch niemals bei uns gewesen war, kam, um Winnie zu sehen. Sie ließ ihren Ball liegen, lief auf ihn zu, er streichelte sie zart, gab ihr russische Kosenamen.

Wie sich bald herausstellte, waren es vorwiegend Männer, die auf sie ansprachen, und sie flirtete ausnahmslos mit jedem, während sie Frauen kaum beachtete. Das führte häufig zu allgemeinem Amüsement, manchmal auch zu leichter Verstimmung einer humorlosen Ehefrau. »Ihr hättet sie Lolita nennen sollen«, meinte einer unserer Gäste nach einer solchen Abendveranstaltung. Ich registrierte jedes Kompliment für sie mit mehr Stolz, als wenn es mir gegolten hätte.

Auch mein Freund Eddie, den Blondie irritiert und genervt hatte, wollte mir einreden, eine Katze würde uns den ohnehin schwierigen Neuanfang zusätzlich erschweren, weshalb es sinnvoller wäre, sie bei ihm zu lassen.

Der absoluteste ihrer Anbeter aber war der Mann einer jungen Kollegin.

Gisela und Walter hatten sich bei uns angesagt, um die Übernahme unserer Wohnungseinrichtung zu besprechen. Sie waren erst seit kurzem verheiratet, es fehlte noch an vielem. Winnie lag auf der Couch, sprang aber sofort herunter, als die beiden eintraten, strich Walter um die Beine, gurrte, rieb den Kopf an seiner Hand. Er hockte sich auf den Teppich, streichelte sie, flüsterte mit ihr. Gisela zog die Augenbrauen zusammen, ich spürte eine aufkommende Spannung, das Gespräch zerflatterte. Walter schien der Anlaß des Besuches völlig entfallen zu sein.

Als er dann aber selbstvergessen sagte: »Die möchte ich haben«, fuhr Gisela hoch: »Eine Katze ist jetzt wirklich das Notwendigste, was wir brauchen.«

»Nicht eine Katze«, entgegnete er ruhig, »diese«, und hob sie auf seine Knie. Winnie rollte sich, tippte ihn mit der rechten Pfote an die Wange, schnurrte.

Abrupt stand Gisela auf, wandte sich uns zu, erklärte, daß sie an einem der nächsten Tage allein wiederkommen würde, und ging zur Tür.

Ihr drängendes »Walter!« hatte einen gereizten Unterton.

Er zögerte kurz, setzte dann die Katze hinunter, sagte: »Mach's gut, kleine Schönheit« und folgte seiner Frau.

»Den haben wir nicht zum letzten Mal gesehen«, meinte meine Mutter ahnungsvoll.

Am frühen Abend des nächsten Tages rief er an. Er habe seinen Manschettenknopf bei uns verloren, er müsse in die Sesselritze gefallen sein, ob er ihn holen dürfe. Ich glaubte ihm kein Wort, sagte aber, er könne kommen.

Kurz darauf war er da, nahm die Katze auf den Arm. »Der Knopf war ein Vorwand, ich möchte mit Ihnen über Winnie reden.«

Ich erwiderte, daß es über Winnie nichts zu reden gäbe, sie bliebe, wo sie sei.

Er wurde eindringlich, beschwor uns, ihm die Katze zu lassen.

Meine Mutter lehnte zwar verbindlicher als ich, aber genauso entschieden ab.

»Hat Winnie die alle verhext?« fragte sie kopfschüttelnd, nachdem sie Walter an der Haustür verabschiedet hatte.

Ich zuckte die Achseln. »Ich hab' mal gehört, die meisten Männer stünden mehr auf Hunde als auf Katzen. Dafür sollen Katzenliebhaber heftigere Gefühle entwickeln. Vielleicht stimmt's.«

Etwa fünf Wochen vor unserer geplanten Abreise stellte uns Winnie vor ein Problem, das uns mehr zu schaffen machte als alle ihre Verehrer: Sie wurde rollig. Diese Frühreife, die bei Wohnungskatzen häufig eintritt, zwang uns, die Kastration so schnell wie möglich ins Auge zu fassen – zumal Wassinkas Anwesenheit im Haus die Situation verschärfte. Er lag stundenlang vor unserer Wohnungstür, lockte sie, rief. Die beiden voneinander fernzuhalten, verlangte ständige Aufmerksamkeit und schnelle Reaktionen. Doch obwohl wir wußten, daß es nicht sein konnte, bedrückte uns der Gedanke, daß Winnie nicht wenigstens einmal Babys haben sollte. Allerdings wäre mein Wunschpartner für sie Enemy gewesen.

Ich hatte mir häufig ausgemalt, was für prachtvolle Katzenkinder aus dieser Vereinigung hervorgehen und uns umspielen würden. Aber der erträumten Idylle stand die harte Realität der Rückkehr im Wege – mit einer sehr konkreten Vorstellung der Gesichter deutscher Wohnungsvermieter beim Anblick von vier oder fünf springlebendigen Katzen . . .

»Bringen wir's hinter uns«, sagte meine Mutter eines Abends und rief in der Tierklinik an.

Am nächsten Morgen lieferten wir Winnie ab; am Nachmittag des folgenden Tages konnten wir sie holen. Der Arzt sagte, sie habe die Operation blendend überstanden, dürfe zunächst jedoch weder rennen noch springen.

Sie tat beides, sobald sie in der Wohnung war. Glücklicherweise nahm sie keinen Schaden, die Wunde heilte rasch, die Fäden konnten termingemäß entfernt werden. Von dem großen Eingriff blieb nur eine kleine Narbe zurück.

Um sie auf Reisen unter Kontrolle zu haben, hatte ich ihr schon in Babytagen ein Schleifchen umgebunden, das ich später durch ein weiches Lederhalsband ersetzte. Sie hatte sich an beides rasch gewöhnt.

Nun hakte ich erstmals die Leine ein, ging ein paar Schritte, sie folgte mir durchs Zimmer, die Leine schien sie nicht zu stören. Ich atmete auf. Ein neues Stück Sicherheit war gewonnen.

Frühzeitig hatte ich auch die Dokumente beisammen, die wir für ihre Einreise benötigten: ein Zeugnis über Tollwutfreiheit innerhalb der Stadt und ein Gesundheitsattest vom Tierarzt. Ihre Fahrkarte für das Schiff war größer als sie selbst und kostete zehn Dollar, Essen inbegriffen. Im Kleingedruckten war allerdings vermerkt, daß sie in einem Käfig im Tierabteil untergebracht werden müsse; aber das tangierte uns nicht. Wir waren entschlossen, sie in die Kabine mitzunehmen ...

Es klopfte, der Schaffner trat ein; Winnie lief ihm entgegen. Er blickte überrascht, sagte dann zögernd, »eigentlich« dürfe sie nicht im Abteil sein . . . Meine Mutter lächelte ihn an, griff in die Handtasche; ein Fünfdollarschein erleichterte ihm die Entscheidung. Er bedankte sich und entschwand.

Während ich durch die zurückliegenden Monate geschweift war, hatte sich die Landschaft verändert. Wir fuhren nicht mehr durch Wildnis, sondern an Weizenfeldern, Wiesen, Farmen vorbei. Winnie saß wieder am Fenster.

In der plötzlichen Erinnerung an ein kleines Gemälde in einer Winnipeger Galerie fragte ich mich, ob sich wohl auch ihre Vorfahren im Wilden Westen getummelt hatten! Das Bild zeigte in leuchtenden Farben einen Cowboy, der vor seiner Hütte im Abendsonnenschein einen Sattel ausbesserte – beobachtet von drei Katzen . . .

Gegen neun Uhr erschien der Schaffner, um die Betten für die Nacht herzurichten. Der Zug hatte beschleunigt, donnerte durch die Dunkelheit. Ich zog Winnie, die sich beklagte, weil sie keinen Halt fand, unter die Decke. Sie rollte sich zufrieden zusammen.

Es war spät am Mittag, als wir Montreal erreichten. Die beiden letzten Stunden hatten die Geduld der Katze überfordert. Sie war kribbelig geworden, hatte hinaus gewollt. Nun saß sie im Korb, die Nase an die Stäbe gepreßt und nahm mit wachen Augen alle neuen Eindrücke in sich auf.

Das Hotel lag in unmittelbarer Nähe des Bahnhofs. Wir durchquerten die elegante Eingangshalle, der Empfangschef überreichte uns den Schlüssel des reservierten Zimmers, entdeckte Winnie – und fragte, ob er Fleisch und Milch schicken solle. Als Erklärung fügte er hinzu: »Wir haben oft Tiere zu Gast, meist Hunde, Katzen, Vögel. Aber wir hatten auch schon Waschbären, Skunks und einen jungen Puma.« Wir staunten – und nahmen das Angebot dankbar an.

Eine Viertelstunde später klopfte es an unserer Zimmertür; im Gang stand der Empfangschef mit einem Schälchen Milch und einer großen Portion Schabefleisch. Wir baten ihn herein. Er betrachtete die Katze, die sich auf das Fleisch stürzte, liebevoll und sagte beim Hinausgehen: »Ich habe drei, eine ist auch langhaarig.« Vermutlich war das die Erklärung für seine besondere Aufmerksamkeit.

Nachdem Winnie sich gestärkt hatte, rannte sie durch das große Zimmer, und als ich Badewasser einließ, sauste sie mit einem solchen Schwung auf den Wannenrand, daß sie kopfüber ins Wasser fiel. Ich rubbelte die keineswegs erschreckte Katze mit einem Frotteehandtuch ab und überließ sie dann ihrer eigenen Putzerei.

Wir suchten das Restaurant des Hotels auf, aßen eine Kleinigkeit und beschlossen anschließend mit dem von Tanja geschenkten Kirschwasser die kanadischen Jahre – während die Katze springend und spielend ihren Bewegungsdrang abreagierte.

Etwas zerschlagen gingen wir am Morgen aufs Schiff und wurden einer Stewardeß zugewiesen, die uns zur Kabine führte. Doch während ich noch überlegte, wie sich das Thema Katze am erfolgversprechendsten anschneiden ließ, hatte Valentina, ein Inbegriff »russischer Seele«, den Riegel des Korbes beiseite geschoben, Winnie gekrault, hinausgelassen und verkündet, sie könne in der Kabine bleiben; Katzen dürften das bei ihr immer, und nur auf der jüngsten Überfahrt habe es eine Panne gegeben. Die Katze einer Engländerin mit Ziel Tilbury sei ihr entwischt und erst in Leningrad wieder zum Vorschein gekommen. »Aber inzwischen ist sie längst zu Hause«, versicherte Valentina treuherzig. Ich konnte nur hoffen, daß nicht auch Winnie in Leningrad landen würde.

Allmählich wurde es in den Gängen ruhiger, die Schiffsmotoren sprangen an, wir gingen auf Deck – im strahlenden Licht der Sonne lag das langsam entschwindende Montreal ...

Zur Kabine zurückgekehrt, hörten wir schon vor der Tür Geräusche; als wir eintraten, sahen wir, wie intensiv sich Winnie betätigt hatte. Das Bett meiner Mutter war zerwühlt, die Sandschüssel befand sich mitten im Raum, die Tischdecke lag auf dem Boden, neben dem umgeworfenen Papierkorb, Zigaretten und Münzen waren überall verstreut, mein Feuerzeug sauste mir entgegen. Die Katze war offensichtlich in prächtiger Form.

Die Tage auf dem Schiff verliefen in angeregtem Miteinander. Unter den Passagieren bildeten heimkehrende Sowjetbürger die Mehrheit; die Minderheit setzte sich aus Ungarn, Engländern, Holländern und Deutschen zusammen. Sprachschwierigkeiten führten zu amüsanten Mißverständnissen. Das Essen war vorzüglich, an den Abenden wurde russische Volkskunst geboten, mit Gesang, Balalaikaspiel, Tanz.

Winnie amüsierte sich jeden Morgen mit Valentina, die ihre spielerischen Angriffe stoisch über sich ergehen ließ, forderte mich zum Werfen von Papierbällchen auf, betrachtete am Bullauge vorbeischlendernde Menschen mit Hunden – und entwickelte einen solchen Appetit, daß wir Valentinas Zufuhr von Leckerbissen stoppen mußten: Sie schien die Katze mit einem Mastschwein zu verwechseln.

Bei ruhigem Wetter hatten wir die Reise angetreten. Ruhig war es auch in den ersten Tagen geblieben. Eines Morgens aber informierte uns Valentina, daß in Kürze Windstärke neun zu erwarten sei, »und dann wird's ziemlich schaukeln«. Wir sollten vorsichtshalber Tabletten schlucken. »Die haben's besser«, meinte sie mit einer Kopfbewegung zu Winnie. »Katzen werden niemals seekrank.«

Bald darauf frischte der Wind auf. Beim Mittagessen waren nur wenige Passagiere im Speisesaal. Wir bemühten uns, die Schaukelbewegung des Schiffes auszubalancieren.

Winnie hatte, als wir weggingen, gespielt. Nach unserer Rückkehr fanden wir sie in einer Art Nest vor, das sie sich aus meiner Bettdecke »gebaut« hatte. Darin thronte sie und blickte wie die personifizierte Zufriedenheit.

Eine halbe Stunde vor der Ankunft in Bremerhaven erschien Valentina und teilte uns mit, daß wir das Schiff erst verlassen dürften, wenn die Beamten der Veterinärbehörde Winnies Papiere geprüft hätten; wir sollten bis zu deren Eintreffen in der Kabine bleiben. Die Katze spürte die bevorstehende Veränderung. Sie stand an der Tür und quengelte.

Langsam verlor das Schiff an Geschwindigkeit, glitt ins Hafenbecken, legte an. Rufe erschollen, Türen wurden zugeschlagen, Schritte entfernten sich. Ich ergriff Winnie, setzte sie in den Korb. Sie protestierte. Kurz darauf holte uns Valentina, ich übergab zwei Beamten die Katzenpapiere, sie stempelten sie, wir gingen an Land.

Die Schiffskapelle spielte, zahlreiche Menschen umstanden den Landungssteg, und mancher beugte neugierig den Kopf, um einen Blick in den Korb zu werfen, den ich in der rechten Hand hielt. Aber Winnie hatte sich in den äußersten Winkel zurückgezogen. Zum ersten Mal in ihrem bisherigen Leben war ihr eine Situation offenbar nicht ganz geheuer.

Ich entdeckte meine Freundin Christa, winkte, sie eilte auf uns zu. Im Taxi fuhren wir zusammen zum Bahnhof und stiegen in den Zug nach Hamburg. Unterwegs erklärte uns Christa, daß wir die möblierte Wohnung, die sie für uns gemietet hatte, nur ein halbes Jahr behalten könnten, »weil dann der Sohn der Hausbesitzer aus Amerika zurückkommt«.

Meine Mutter sagte, das genüge völlig, und fragte, wie die Leute die Ankündigung der Katze aufgenommen hätten.

Christa gestand, sie habe Winnie unterschlagen. »Ich hab' mich einfach nicht getraut zu sagen, daß ihr eine Katze mitbringt. Ich hatte Angst, die Wohnung könnte daran scheitern.«

»Illegalität scheint Winnies Schicksal zu sein«, meinte meine Mutter lächelnd, »aber bis jetzt haben wir es immer geschafft, sie dahin zu kriegen, wohin wir sie haben wollten.«

Gegen halb elf abends lief der Zug im Hamburger Hauptbahnhof ein, Christa verabschiedete sich, wir begaben uns im Taxi zu unserer neuen Adresse und hatten nun doch etwas Herzklopfen. Ich klingelte.

Das Licht über der Haustür ging an, eine Frau mittleren Alters trat heraus und begrüßte uns, sah den Korb, fragte: »Was ist denn da drin?«

Ich zog Winnie hervor, nahm sie auf den Arm, Frau und Katze musterten einander, meine Mutter sagte strahlend: »Das ist unser jüngstes Familienmitglied.« Die Hausbesitzerin lächelte gequält, bat uns herein und die Treppe hinauf; wir folgten ihr in die Mansardenwohnung. Sie gab mir die Schlüssel, ging.

Ich setzte die Katze auf den Boden, sie stiefelte durch die beiden Zimmer und die Nebenräume, beroch Möbel und Betten. »Sie hat Winnie zwar hingenommen, aber begeistert ist sie nicht«, kommentierte meine Mutter die Reaktion der Frau S. Deshalb waren wir überrascht, als sie eine Stunde später mit einem Schälchen Milch erschien. Es war ein gutes Vorzeichen.

Denn während wir uns nur schwer wieder eingewöhnten, erlebte Winnie herrliche Monate. Jung, gesund, erlebnishungrig tanzte sie durch einen Sommer, in dem jeder Tag neue Freuden, neue Abenteuer brachte, die ich oft mit ihr teilte.

Den Umgang mit Katzen von Kindheit an gewöhnt, hatten mich die unterschiedlichen Neigungen und Verhaltensweisen jeder einzelnen interessiert. In der – wachsenden – Fixierung auf Winnie aber ging ich noch einen Schritt weiter, indem ich versuchte, mich in sie hineinzuversetzen, die Welt aus ihrer Perspektive zu betrachten – ein phantasievolles Spiel ohne Grenzen ...

Immerhin hatte ich soviel Verstand, diese »Eigen-Experimente« für mich zu behalten, gewarnt durch Erfahrungen. Ich wußte, daß die meisten meiner Bekannten mich für hoffnungslos katzenverrückt hielten, und obwohl mich das nicht störte, fand ich denn doch, daß diese Meinung nicht unbedingt dramatisch bestätigt werden mußte.

Nachdem Winnie die Wohnung gründlich untersucht hatte, verschaffte sie sich von den Fenstern aus einen Überblick über Nachbarvillen, Gärten, kleine Straßen; schließlich bedeutete sie uns, daß sie das Haus inspizieren wolle. Wir waren unschlüssig, der Frau S. und des fremden Ehepaares wegen, das im zweiten Stock wohnte. »Wir sind nicht mehr in Kanada«, versuchte ich der Katze zu erklären, »hier gibt es viele Leute, die Katzen nicht mögen.«

Das schien sie nicht zu überzeugen. Sie beharrte auf ihrem Wunsch. Also ging ich zu Frau S. hinunter und trug ihr Winnies Anliegen vor.

Zu meiner Erleichterung nickte sie. »Aber sicher kann sie im Haus herumlaufen, nur lassen Sie sie bitte nicht in den zweiten Stock. Die T.s haben zwei Kanarienvögel.«

In Erinnerung an Blondies Vogelmord versicherte ich eilig, daß wir aufpassen würden.

»Zu uns kann sie gern kommen«, rief Frau S. mir nach.

Als ich die Wohnungstür öffnete, stürmte Winnie die Treppe hinunter; ich hörte die Hausbesitzerin mit ihr reden. Meine Mutter war erfreut: »So hat sie ein Stückchen Freiheit mehr.«

Eine halbe Stunde später kam Frau S. aufgeregt nach oben: Winnie sei durch den Spalt eines Fensters in den Garten entschwunden.

Ich griff nach der Leine, lief die Treppe hinunter, rief; sie bog um die Ecke, kam zu mir. Ich hakte die Leine ein, sie zog mich zu den Büschen im Hintergarten; ein Kaninchen sprang auf, sie erstarrte, blickte ihm nach, ging weiter, stöberte einen großen Käfer auf . . . Irgendwann war sie dann bereit, mit mir ins Haus zurückzukehren. Wer hier wen an der Leine hatte, wäre eine Diskussion wert gewesen!

Meine Mutter hatte uns vom Fenster aus zugesehen und meinte: »Wir könnten doch jeden Tag mit ihr in den Garten gehen – mit Leine natürlich.«

»Sie wird auch allein gehen«, gab ich zu bedenken, »irgendein Fenster oder die Haustür wird immer mal offen sein.«

Wir beschlossen, das Risiko auf uns zu nehmen. »Wenn es heiß wird«, sagte meine Mutter, »müssen wir die Wohnungstür sowieso offen lassen, sonst ersticken wir alle drei.«

Winnie nutzte ihre Freiheit. Sie war ständig unterwegs, schwirrte in Haus und Garten herum. Im zweiten Stock allerdings hielt sie sich niemals auf, so daß wir der Sorge um die Kanarienvögel enthoben waren. Kratzte sie an der Küchentür von Frau S., wurde sie eingelassen. Herrn S., bei unserer Ankunft auf Dienstreise, hatte sie in bewährter Manier um die Pfote gewickelt. Er öffnete ihr auch die Garage und das kleine Gerätehaus. Am liebsten aber streifte sie durch den Garten, und bald schon sorgte sich das Ehepaar S. genauso wie wir, daß sie abhanden kommen könnte. Sie schaffte es mühelos, vier Menschen in Atem zu halten.

Der Mai brachte warme Tage, das in Kanada ersparte Geld garantierte uns vorerst ein bescheidenes Leben, enthob mich der Notwendigkeit, mir umgehend eine Stellung suchen zu müssen. Der Gedanke an Rückkehr in die deutsche Arbeitswelt hatte ohnehin nichts Verlockendes.

Um Winnie über den Garten hinaus Wanderungen zu ermöglichen und neugierig, ob sie sich auf Spaziergänge einlassen würde, legte ihr meine Mutter eines Mittags das Halsband um, hakte die Leine ein, setzte sie in den Katzenkorb. Wir gingen bis zum Ende der Straße und bogen dann in den Wald ein. Unter einem hoben Baum, abseits des Weges, stellte ich den Korb auf die Erde und öffnete ihn.

Winnie streckte den Kopf vor, blickte sich um, schob sich langsam hinaus; der Schwanz zuckte. Ich nahm die Leine auf, meine Mutter den Korb, Winnie zog los. Ich lenkte sie auf den Weg, sie strebte voran, die Leine hing locker. Hin und wieder blieb sie stehen, starrte auf Käfer, versuchte einen Grashüpfer zu fangen, wanderte weiter – mit steil aufragendem Schwanz. Ein Ehepaar, das uns begegnete, äußerte Bewunderung für diese »Dressur«. Ich winkte bescheiden ab, verwies auf die »freiwillige Entscheidung« unserer Katze. Ehre nur dem, dem Ehre gebührt!

Dieser erste Ausflug wurde zum Auftakt unzähliger Spaziergänge um die stille Mittagsstunde.

Hatten wir gegessen, ging Winnie zur Garderobe, an der die Leine hing; holte ich den Korb, sprang sie hinein. Auf andere Spaziergänger trafen wir selten, und auch Zusammenstöße mit Hunden blieben aus.

Am späten Nachmittag war sie meist mit uns

im Garten, stromerte herum, versteckte sich, rief – und tauchte mit einem hellen Laut bei uns auf, wenn wir sie gesucht und nicht gefunden hatten. War sie allein draußen, sahen wir in kurzen Abständen nach ihr und riefen sie zurück, wenn sie sich zu weit entfernte.

Auch Frau S. behielt sie im Auge – und sah großmütig darüber hinweg, daß sie ihre Essigbäume erkletterte, Pflanzen ausbuddelte und an wertvollen Edelhölzern ihre Krallen wetzte. Aber das waren nicht ihre einzigen »Leistungen«.

Sobald sie sich in der Wohnung unbeobachtet fühlte, machte sie sich an die »Renovierung« des Wohnzimmes. Die Wohnung war in einem etwas vernachlässigten Zustand, einige Risse in der Tapete hatte die Katze sofort entdeckt und mit Hingabe erweitert. Ich konnte kaum so schnell kleben, wie Winnie »arbeitete«. Ihr das zu verbieten, führte nur dazu, daß sie in unserer Anwesenheit die Pfoten von der Tapete ließ. Waren wir nicht im Zimmer, setzte sie ihr Werk unvermindert fort. Erst die steigenden Temperaturen dämpften ihre energievolle Aktivität.

In den heißesten Stunden des Tages zog sie sich in den Keller zurück, wo ihr Herr S. ein bequemes Lager hergerichtet hatte. Er ließ auch eines der vergitterten Fenster für sie offen, mit der Anmerkung: »Da können höchstens Mäuse reinkommen, und die werden kaum so blöd sein, Winnie geradewegs in die Pfoten zu laufen.«

Eine Maus, Kaninchen, eine Ratte und ein Maulwurf hatten ihren Weg schon gekreuzt, ohne von ihr behelligt worden zu sein. Sie hatte sie nur gespannt beobachtet. Nach Insekten hingegen, ob Käfer oder Hummel, Heuschrecke oder Falter, griff sie sofort. Häufig schlich sie auch zu dem Wespennest in der Nähe eines Busches, sprang hinein – und war schon ein paar Meter entfernt, wenn die wütenden Wespen aufstoben. Uns war bei diesem Anblick nicht ganz wohl, Herr S. aber lachte. »Keine Sorge, sie kriegt nichts ab. Sie ist viel zu schnell.«

Er behielt recht. Ihre interessanteste Bekanntschaft aber machte sie in der Dämmerung eines Juli-Abends.

Ich hatte sie an die Leine genommen, war mit ihr ein Stückchen die Straße entlanggegangen; den Heimweg legte sie auf Zäunen balancierend zurück. Im Garten blieb sie unvermittelt stehen, starrte zu der rechter Hand liegenden Baumgruppe und zerrte an der Leine. Ich ließ los, sie lief zu den Bäumen, ich ging hinterher – sie stand vor einem dicken Igel, der sie gelassen betrachtete und sich dann wieder seiner Nahrungssuche zuwandte. Winnie aber war nicht ins Haus zu bringen, solange sich der Igel im Garten aufhielt. Sie folgte ihm Schritt für Schritt – bis er unter dem Zaun hindurch auf das Nachbargrundstück entschwand.

An den nächsten Abenden wollte sie stets um die gleiche Zeit hinunter. Ich begleitete sie, sie tigerte zielstrebig zu den Bäumen, in deren Umkreis sie den Igel meist auch vorfand. Er blickte kurz hoch, wenn sie auftauchte, ließ sich aber nicht stören, und sie blieb in seiner Nähe.

Pünktlich wie bei ihren Treffen mit dem Stacheltier stand sie morgens auch in der Küchentür, um meine Mutter, die in einer kleinen Ladenstraße Brötchen holen ging, hinunterzubegleiten. Damit sie ihr nicht nachlief, hakte meine Mutter die Leine ins Halsband und schlang sie ums Geländer neben der Haustür, was Winnie anstandslos akzeptierte, indem sie sich niederließ.

»Na, so ein schöner Hund«, hörte meine Mutter einmal sagen, als sie, zurückgekehrt, die Katze losband. Sie drehte sich um: Über den Gartenzaun hinweg lächelten sie drei Männer von der Straßenreinigung an.

Auch einige unserer Nachbarn waren mittlerweile auf die »schöne Angorakatze« aufmerksam geworden. Eines Vormittags, als Winnie oben im Fenster saß, rief eine weibliche Stimme ihren Namen; auf der Straße stand ein junges Paar und winkte hinauf. War sie im Garten, blieb oft jemand stehen und sprach sie an. Sie schien die allgemeine Zuwendung zu genießen, denn uns fiel auf, daß sie sich im Fenster und im Garten regelrecht in Positur setzte.

Sehr genau verfolgt hatten wir auch, wie sie auf Hunde reagierte. Im Wald waren sie zu weit entfernt; wenn jedoch einer, meist angeleint, am Gartenzaun vorbeiging, behielt sie ihn im Auge. Zu feindseligen Bekundungen oder Fluchtreaktionen von einer der beiden Seiten aber kam es nie – mit einer Ausnahme: Ein hübscher Rauhhaardackel raste mit fliegenden Ohren davon, als Winnie neben mir auftauchte; die Erklärung lieferte sein Besitzer, ein alter Herr. Er erzählte mir lächelnd, »Lumpi« habe einmal versucht, eine Katze zu jagen, sei dabei aber an einen Kater geraten, »einen richtigen alten Kämpen, wissen Sie, und der hat ihn derart vertrimmt, daß er seitdem schon rennt, wenn er eine Katze nur von ferne sieht«.

Mit dem Herbst näherte sich das Ende unseres schönen Ausnahmezustandes. Ich mußte meine Konzentration auf Winnie ein wenig zurückstellen, mich ums Geldverdienen kümmern – und außerdem brauchten wir ein neues Domizil.

Durch einen glücklichen Zufall gelangten wir an eine preiswerte Wohnung im Parterre eines vierstöckigen Hauses in einer ruhigen Straße. Unsere, angesichts einer großen Grünanlage gehegte Hoffnung auf ein Stückchen Außenwelt für

Winnie mußten wir bei näherem Hinsehen allerdings begraben. Um die ganze Anlage herum zogen sich hohe Mietshäuser, und die Aussicht, unter den Blicken unzähliger Augenpaare mit der Katze spazierenzugehen, schreckte uns ab. Nun stellte sich die etwas bange Frage, ob Winnie mit der Beschränkung auf Innenräume zurechtkommen würde. Doch bevor wir mit diesem Problem konfrontiert wurden, setzte sie uns – noch in der alten Wohnung – durch einen Einfall in Schrecken, der böse Folgen hätte haben können.

An einem der letzten Tage vor dem Umzug – die Wolken jagten über den Himmel, der Wind wehte von Stunde zu Stunde heftiger – stieg sie plötzlich aus dem Fenster. Nervös wie nie zuvor war sie vom Tisch auf den Schrank, vom Schrank aufs Regal, vom Regal aufs Fensterbrett gesprungen. Meine Mutter rief sie beschwörend beim Namen, sie hörte nicht, sah nach oben, strebte dem Dachfirst entgegen. Mir wurde übel, als ich sie hoch über mir erblickte. Der Wind zerrte an ihrem Fell, ein lockerer Dachziegel rutschte, ich schloß die Augen. Wir standen im Wohnzimmer und warteten auf das, was kommen mußte: der Absturz.

Nach einem Augenblick der Stille erschollen dumpfes Gepolter und laute Kratzgeräusche auf Schindeln, ich lief die Treppe hinunter, riß die Haustür auf: Winnie hing zappelnd in einem

Strauch. Erleichtert zog ich sie heraus, fühlte sie ab, konnte aber nur eine blutende Nase erkennen. Sie blickte verstört, während ich sie nach oben trug, und verkroch sich ins Bett meiner Mutter. Offenbar hatte sie einen leichten Schock. Wir beschlossen, sie völlig in Ruhe zu lassen und eventuell am nächsten Tag zu einem Tierarzt zu bringen.

Gegen Mitternacht tauchte sie auf, mit verschorfter Nase und struppigem Fell, trank ein wenig Wasser, bat um Streicheleinheiten und verschwand aufs neue. Die Nacht über rührte sie sich nicht; am Morgen sah sie sehr viel besser aus, verhielt sich normal und frühstückte ausgiebig. Der Tierarzt entfiel.

Als sie jedoch bei ihrer Wanderung durch die Wohnung an dem Fenster vorbei kam, von dem aus sie ihren mißglückten Ausflug unternommen hatte, wandte sie sich ab. Sie ist niemals wieder aus einem Fenster gestiegen, sie machte jeden Fehler lebenslang nur einmal.

Kurz nach unserem Umzug begann eine Schlechtwetterperiode. Wir nutzten die grauen reizlosen Tage, um das Einrichten hinter uns zu bringen. Winnie war zunächst damit beschäftigt, die Vor- und Nachteile der Wohnung herauszufinden.

Der lange Flur wurde nach einigen Probeläufen mit Ball offensichtlich positiv bewertet: Sie gurrte. Auch die breiten Fensterbretter gefielen ihr und die Größe des Wohnzimmers, in dem die Schlafcouch meiner Mutter stand. Zu inspizieren waren neue Möbel und Teppiche – als Gefahrenzone erwies sich das einzige Kippfenster in meinem nach hinten hinaus gelegenen Zimmer: Sie hing sofort mit den Pfoten am oberen Rand.

Ich nahm sie hinunter und schloß das Fenster. Es wurde künftig nur dann gekippt, wenn sich die Katze nicht im Raum befand. Sie hätte sich einklemmen und verletzen können. Ratlosigkeit aber überfiel uns angesichts des Balkons vor dem Wohnzimmer an der Straßenseite.

Um uns nicht von aller frischen Luft abzusperren – die Fenster mußten geschlossen bleiben, weil wir befürchteten, daß Winnie andernfalls mit einem Satz draußen sein würde –, wollten wir wenigstens die Balkontür öffnen können. Aber wie sollten wir verhindern, daß sie auf den Bürgersteig sprang? Sie war gewöhnt, sich frei zu bewegen.

Ich saß in meinem Zimmer und grübelte. Einerseits hatte ich mir absolute Sicherheit für Winnie geschworen, andererseits begann ich mich als Kerkermeister zu fühlen, der seinen Gefangenen schlüsselrasselnd in die Zelle trieb. Zum ersten Male wurde mir klar, was es bedeutete, eine Katze strikt in der Wohnung zu halten.

Ohne zu einem Entschluß gelangt zu sein, stand ich schließlich auf, ging ins Wohnzimmer, fand Winnie auf dem Fensterbrett vor, streichelte sie geistesabwesend, blickte auf den Balkon. Der Regen hatte nachgelassen, es tröpfelte nur noch, auf der Straße schritten Leute mit Hunden vorbei. Irgendwo in meinem Kopf entstand ein Gedanke, entwickelte sich weiter, wurde zur konkreten Vorstellung.

Ich rief meine Mutter, wir suchten eine dicke Nylonschnur heraus, zogen sie über die ganze Länge des Balkons und befestigten die Enden an den vorhandenen Eisenhaken; die eine Seite verknoteten wir fest, die andere so, daß wir sie leicht lösen konnten. Straff gespannt, federte die Schnur.

Meine Mutter prüfte, ob die erdegefüllten Blumenkästen nicht wackelten; ich holte Leine und Halsband. Als ich damit ins Wohnzimmer trat, rannte Winnie mir entgegen und hielt den Kopf hin. Ich legte ihr beides an, nahm sie hoch, trat mit ihr auf den Balkon, setzte sie in einen der breiten Kästen, streifte die Schlaufe der Leine über die Nylonschnur. Meine Mutter blickte kritisch: »Die Leine muß verlängert werden«, entschied sie, »sonst könnte Winnie sich erhängen, wenn sie abrutschen sollte.«

Ich holte Schere und Bindfaden, nahm die Leine von der Nylonschnur; die Katze hatte sich niedergelassen, sog die Luft ein und schaute interessiert auf die Straße. Ich befestigte eine längere Doppelschlinge an der Leinenschlaufe, zog sie über die Nylonschnur. Mehr als ein Meter war gewonnen. Nun mußte ich Winnie nur noch begreiflich machen, daß sie zwar auf die Blumenkästen, nicht aber auf die Straße springen sollte.

Unsicher, ob ich das schaffen würde, trat ich neben sie, strich ihr übers Fell, sie wandte mir den Kopf zu. Ich bedeutete ihr, in den Kästen bis zum Ende weiterzugehen, dort zu drehen; als sie das getan hatte, gingen wir ins Zimmer, lockten sie; sie sprang hinunter, lief uns nach, die Leine reichte etwa einen Meter weit in den Raum hinein. Wir rührten uns nicht.

Sie sah sich um, betrachtete die Leine, ging langsam auf den Balkon zurück, sprang in den mittleren Balkonkasten, blickte über die Straße, wandte sich ab, sprang hinunter, kam ins Zimmer, setzte sich.

Es war kein Stein, der mir von der Seele fiel – es war ein Felsbrocken!

Eine Stunde später saß sie vor der geschlossenen Tür zum Balkon, ließ sich die Leine anlegen, die Tür öffnen und blieb eine Weile draußen. Nach mehrtägigen Beobachtungen waren wir sicher, daß wir sie allein lassen konnten. Sie schien sich der Reichweite der Leine bewußt zu sein, ohne sie als Freiheitsbeschränkung zu empfinden, wie uns ein glücklicher Zufall offenbarte.

Ich hatte sie draußen angebunden, wir waren in die Küche gegangen. Plötzlich stand sie vor uns. Ich starrte erst die Katze, dann die Leine an: Winnie miaute ungeduldig, machte kehrt, tigerte zum Balkon; ich folgte ihr und stellte fest, daß sich ein Ende der Nylonschnur vom Haken gelöst, die Leine freigegeben hatte. Winnie sah zu mir auf – ich war perplex. Sie wollte offenbar darauf hinweisen, daß ein »Malheur« passiert war! Denn als ich die Leine über die Schnur gezogen, die Schnur verknotet hatte, sprang sie wieder auf ihre »Empore« und blickte sichtlich zufrieden.

Ich konnte mir dieses Verhalten nur mit ihrem ausgeprägten Ordnungssinn erklären, den sie schon früh an den Tag gelegt hatte. Sie hielt uns zu pünktlichem Aufstehen, Schlafengehen, Essen an und bestand auch bei anderen »Ritualen« auf deren Einhaltung.

So gehörte ihrer Ansicht nach nur ich an den Schreibtisch; ließ meine Mutter sich dort nieder, wurde sie unwillig, versuchte, sie wegzuziehen.

Betätigte ich mich in der Küche, behielt sie mich im Auge. Die Handhabungen meiner Mutter bedurften offensichtlich keiner Kontrolle. Geriet ihr beim Essen ein Bissen neben den Napf, der auf einem Set stand, schob sie den

Napf beiseite und verzehrte, was herausgefallen war. Krümel auf dem Boden wurden aufgeleckt, Flecke mit der rechten Pfote bearbeitet. Möglicherweise entsprach ihrer Vorstellung von Ordnung auf dem Balkon die Leine nur dann, wenn sie befestigt war.

Gelassen aber reagierte sie, wenn ihre Sachen nicht dort waren, wo sie sich normalerweise befanden. Sie stieg in ihre Toilette, wo immer wir sie hingestellt hatten, sie »moserte« nicht, wenn ihr Spielzeug an ungewohntem Platz lag, sie aß häufiger mit uns – auf eigenen Wunsch – im Wohnzimmer. Alles aber war vergessen, wenn »action« anstand.

Knallte es auf der Straße, sauste sie sofort auf den Balkon. Fiel meiner Mutter eine Tasse aus der Hand, schoß sie herbei. Stritten sich die Mieter über uns oder schleuderten Gegenstände, horchte sie gespannt. Ab und zu warf sie selbst – aus Spaß – eine Vase oder einen Aschenbecher vom Tisch. Nur in diesem Punkt erinnerte sie mich an Blondie und seine Aktionen mit Tanjas Blumentöpfen. Wahrscheinlich, sagte ich mir, ist das eine Spezialität kanadischer Katzen.

Weil der Redakteursposten, den ich mir wünschte, weit und breit nicht zu entdecken war, hatte ich angefangen, als freie Journalistin für den NDR, Radio Bremen und einige Zeitungen zu arbeiten. Nebenbei legte ich meine Katzenbeobachtungen schriftlich nieder – assistiert von Winnie, die an meiner Tätigkeit regen Anteil nahm. Sie trudelte die Kugelschreiber vom Tisch, spielte mit dem Radiergummi, rollte sich auf dem Blatt Papier, das ich gerade korrigieren wollte.

Ratterte ich laut und anhaltend auf der Schreibmaschine, saß sie daneben und verfolgte gespannt die springenden Tasten. Sie war die einzige unserer Katzen, die der Maschinenlärm nicht zu stören schien. Wassinka und Enemy, auch nicht krachempfindlich, hatten sich verzogen, sobald ich zu tippen begann. Blondie hatte versucht, mich von jeglicher Arbeit abzuhalten.

Wenn ich zu Reportagen unterwegs war, meist zum Thema Tier, ließ ich keine Gelegenheit aus, Katzenbesitzer nach ihren Erfahrungen mit Wohnungshaltung zu befragen. Denn obwohl Winnie nicht einmal den Hauch irgendeiner Verstörung erkennen ließ, wurde ich den unterschwelligen Druck nicht los, sie könne Verhaltensanomalien entwickeln. Ich hatte von zahlreichen Katzen gehört, die in einem Wohnungsdasein neurotisch geworden waren.

Um mich von dieser Sorge zu befreien, ging ich mit Winnie schließlich zu einem vertrauenswürdigen Tierarzt, schilderte ihm ihr Herkommen, ihre Lebensumstände, ihr Verhalten, meine Bedenken. Er hörte mir andächtig zu, betrachtete die muntere Katze, die umherschritt und alle Gegenstände in der Praxis beroch, und deutete lächelnd an, daß seines Erachtens nur bei mir die Gefahr einer Neurose bestünde, »wenn Sie nicht aufhören, sich unnötige Gedanken zu machen. Die Katze ist ein Prachtexemplar und stocknormal.«

Beruhigt zog ich mit meinem »Prachtexemplar« nach Hause – und gab mir selbst zu, daß ich im Falle Winnie wohl eine unheilbare »Macke« hatte.

Im Verlauf der nächsten Monate schloß sich die Katze enger an uns an. Sie wurde fremden Menschen, auch Männern gegenüber, zurückhaltend. Zwar kam sie weiterhin, wenn Handwerker die Wohnung betraten oder wir Besuch hatten, und beschnupperte entgegengestreckte Hände. Aber sie wich aus, wenn die Hände nach ihr griffen. Bewunderung schätzte sie nach wie vor – aus Distanz.

Auch ihre Schlafgewohnheiten hatten sich nicht verändert. Nach wie vor wechselte sie von meiner Mutter zu mir und umgekehrt, bei Vollmond hörte ich sie im Flur Ball spielen. In einer solchen Nacht erlebte ich sie in einer ganz neuen Rolle: als furchteinflößenden Wachhund.

Sie hatte sich bei mir auf dem Bett zusammengerollt, ich war rasch eingeschlafen. Irgendwann erwachte ich von einem dumpfen, drohenden Laut, drehte mich – noch schlaftrunken – um, blickte ins Zimmer: Winnie schlich grollend in geduckter Haltung, den Schwanz tief am Boden, das Rückenfell aufgestellt, im Zeitlupentempo dem – geschlossenen – Fenster entgegen, an dessen Scheibe sich ein bärtiges Männergesicht preßte.

Ich rappelte mich hoch, ging zum Fenster, der Mann grinste mich an – er war nackt. Ich zog das innere Rollo herunter, ergriff die Katze, begab mich wieder ins Bett. Aber Winnie machte sich von mir los, kehrte zum Fenster zurück, schlüpfte zwischen Rollo und Fensterscheibe; ihr tiefes Grollen verriet mir, daß der Mann noch da war. Mag er, dachte ich im Einschlafen, wenn's ihm nicht zu kalt wird.

Wenig später sprang die Katze aufs Bett, stieg vorsichtig über mich hinweg und legte sich neben mein Gesicht. Ich blickte in ihre überwachen Augen, streichelte sie, murmelte beruhigende Worte; leises Schnurren setzte ein. Als ich am Morgen erwachte, lag sie noch neben mir.

Ein paar Nächte darauf alarmierte sie mich erneut, indem sie auf meine rechte Wange tippte, miaute, an der Bettdecke zerrte, zum Fenster lief. Diesmal aber war es keiner meiner Artgenossen, der ihren Unwillen erregte, denn ich hörte wildes Kreischen und sah – als ich aufgestanden und zu ihr ans Fenster getreten war –

drei Kater, die offensichtlich Meinungsverschiedenheiten austrugen, was Winnie zu ärgern schien: Sie schimpfte laut und stieß mich an. Vielleicht wollte sie mich dazu bewegen, die Eindringlinge aus ihrem Revier zu weisen. Ich kraulte sie, mahnte zur Toleranz, aber sie »spuckte« weiter. Plötzlich blickte einer der Kater hoch, die beiden anderen verzogen sich ins Gebüsch; schließlich verschwand auch der dritte.

Ich ging wieder ins Bett, Winnie landete mit einem gewaltigen Satz auf meinem Bauch, rollte sich, tat so, als habe sie ein Heer von Feinden in die Flucht geschlagen. Na ja, jeder braucht halt seine Illusionen, dachte ich amüsiert, schlief über ihrem zufriedenen Geschnurre ein – und träumte von Enemy, Blondie, Wassinka.

Hätte mir jemand vorhergesagt, daß kanadische Katzen nur wenige Wochen später meine finanziellen Nöte beenden, mir – indirekt – zu einer Stellung für den Rest meines Lebens verhelfen würden: Ich hätte ihm eine überbordende Phantasie bescheinigt. Aus heutiger Sicht scheint es mir folgerichtig.

Ich hatte im Frühjahr für Radio Bremen ein Hörspiel geschrieben, vor dessen Sendung mich ein Redakteur des »Weser-Kurier« interviewte. Das Interview, in dem hauptsächlich von Katzen in Kanada die Rede war, hatte einen anderen Redakteur veranlaßt, mich um ein Treffen zu bitten. Aus der Bekanntschaft war eine Freundschaft geworden, die dazu führte, daß mir der Freund seinen neu geschlossenen Vertrag mit der »Hannoverschen Allgemeinen Zeitung« anbot, »damit du aus deiner Geldmisere herauskommst. Ich kann auch in Bremen bleiben.«

Die »HAZ« zeigte sich unbürokratisch und großzügig: Ohne Formalitäten löste sie seinen Vertrag und engagierte – zum ersten September 1970 – mich.

Meine Mutter und Winnie blieben zunächst in Hamburg. Ich mietete mir in Hannover ein möbliertes Zimmer, begann mit der Zeitungsarbeit und ließ Winnie – per Anzeige – eine Wohnung suchen; sie sollte geräumig sein, nicht im Verkehrszentrum und möglichst nicht im Erdgeschoß liegen, viel Sonnenlicht einlassen, einen Balkon und breite Fensterbretter haben – kurzum: nicht nur menschen-, sondern auch katzengerecht sein.

Während der Einarbeitungsmonate fuhr ich jedes Wochenende nach Hamburg. Aber diese beiden Tage konnten meine Abwesenheit an den übrigen nicht wettmachen: Zwischen Winnie und mir stellte sich eine leise Entfremdung ein. Die Intensität unserer Beziehung hatte sich abgeschwächt, der Kontakt gelockert. Für Katzen sind Zeitabschnitte, die Menschen kurz erscheinen, lang. Ich war froh, als ich eine Wohnung gefunden hatte und den Umzugstermin festlegen konnte.

Der Abschied von Hamburg beendete allerdings auch das eineinhalbjährige Provisorium mit all seinen Freiheiten und zog einen Schlußstrich unter die kanadische Episode, unvergeßlich in ihrem Erlebnisreichtum. Bindeglied zwischen dem sich entfernenden Gestern und dem fortschreitenden Heute blieb die Katze – kleines Symbol für die »Seele« eines großen, weiten Landes . . .

Am zweiten April 1971 stand der Möbelwagen vor der Tür. Nachdem alles verladen war – versehentlich hatte einer der Transporteure den Katzenkorb ergriffen und erschrocken losgelassen, als ihm ein bedrohliches Fauchen entgegenschlug –, stiegen wir in den hinteren Teil des Wagens, die Männer setzten sich nach vorn; die Katze stellten wir zwischen uns. Ihretwegen hatten wir uns gegen eine Fahrt mit dem Zug entschieden. Wir wollten ihr das Menschengewimmel und den Lärm auf dem Hamburger Hauptbahnhof ersparen.

Nach etwa zwanzig Minuten rührte sie sich. Die rechte Pfote langte heraus und zog an meinem Mantel. Ich öffnete den Korb, angelte nach der Leine. Winnie stieg aus, wanderte über unsere Knie, blickte sich um. In ihrer Lolita-Phase wäre sie sofort zu den Männern geklettert; nun schien eine unsichtbare Schranke sie zurückzuhalten.

In Hannover wurde sie von den Hauseigentümern, dem Ehepaar H., liebevoll in Empfang genommen und erhielt ein Begrüßungsmahl. Um Zwischenfälle zu vermeiden, setzten wir sie mit ihrem Essen ins Badezimmer, dem einzigen Raum, den die Umzugsleute nicht betreten mußten. Sie aß sofort, trank ein wenig Wasser, schien weder angestrengt noch nervös.

Als die Transporteure abgezogen waren, ließen wir sie hinaus. Sie ging durch die Dreizimmerwohnung im zweiten Stock, beschnupperte die Möbel, suchte die Sandschüssel, entdeckte ihr Spielzeug, schleuderte mir den Ball entgegen; und während wir auspackten, Schränke öffneten, einräumten, trudelte sie uns unausgesetzt zwischen den Füßen herum, bis wir – leicht erschöpft, aber lachend – eine Pause einlegten und uns mit ihr befaßten.

Im Zusammensein mit mir verhielt sie sich, als habe es eine Trennung niemals gegeben, obwohl ich den ganzen Tag außer Haus verbrachte; auch spätere Dienstreisen und meine Abwesenheit während des Jahresurlaubs beeinträchtigten unser Verhältnis nicht mehr. Sie schlief wieder bei mir, lief an die Tür, wenn sie meine Schritte hörte, umschmuste mich, leistete mir beim Schreiben Gesellschaft. Das Leben außerhalb der Wohnung hatte seine Anziehungskraft verloren.

Sie mischte sich häufiger in unsere Gespräche, »redete« ausführlich mit, sie forderte mich mindestens zweimal am Tag zu längerem Versteckspiel auf, sie entwickelte eine starke Beziehung zu Dingen, die sie als ihr persönliches Eigentum oder als Familienbesitz betrachtete.

So kam sie immer, wenn sie einen von uns mit der Sandschüssel oder ihren Futternäpfen hantieren hörte. Die grüne Steppdecke, die sie seit frühesten Tagen besaß, versuchte sie mir sogar wegzuziehen, als ich sie einmal auf die Couch gelegt und mich – zum Spaß – darauf niedergelassen hatte. Ich sah mir das Gezerre ein Weilchen an und rückte dann zur Seite – sofort legte sie sich auf den freigewordenen Platz und, als ich aufstand, in ganzer Länge über die Decke.

Auch einen unserer beiden Sessel, die wir zum abendlichen Fernsehprogramm zusammenschoben, annektierte sie, nachdem sie ihren Schrecken vor den laufenden Bildern, den vielfältigen Geräuschen überwunden hatte.

Ohne Fernsehen aufgewachsen, stob sie entsetzt aus dem Zimmer, als ich den Apparat zum ersten Mal eingeschaltet hatte; aber bereits eine halbe Stunde später streckte sie den Kopf wieder herein, starrte auf die Bilder, rückte vorsichtig

Stückchen um Stückchen näher – und saß gegen Ende des Programms zwischen uns. Vom nächsten Tag an erschien sie umgehend, sobald der Fernseher lief, und drängelte mich immer weiter zur Außenkante des Sessels, bis ich schließlich nur noch auf dem Rand hockte, während sie sich ausbreitete.

Manchmal rollte sie sich schon nach kurzer Zeit zusammen und schloß die Augen; manchmal schaute sie hellwach. Einige Stimmen, auch von Politikern, waren ihr offenbar angenehm, andere zuwider. Ähnlich verhielt es sich mit musikalischen Sendungen. Rock und Pop waren ihr ein solcher Greuel, daß sie entfloh; bei Zirkusmusik wandte sie sich angewidert ab. Gegen Sinfoniekonzerte hatte sie nichts, ihr Favorit aber hieß Vico Torriani. Als der schnulzend auf dem Bildschirm erschien, richtete sie sich hoch und kniff mehrmals begeistert die Augen zu.

Auf Vogelgezwitscher fiel sie nur einmal herein: Sie lief hinter den Apparat und kam kurz danach etwas irritiert wieder zum Vorschein. Western, die ich ihr eingedenk ihrer Herkunft aus einem Pionierland empfahl, beeindruckten sie überhaupt nicht: Sie schlief mitten im Countdown ein.

Als der Fernsehapparat zur Reparatur, die Sessel zum Aufpolstern abgeholt worden waren, ging sie zu den leeren Stellen und miaute. Was sich in der Wohnung befand, hatte offensichtlich drin zu bleiben. Vielleicht gehörte das zur Ordnung im Revier, das gegebenenfalls auch bewacht wurde.

So hatte meine Mutter mehrmals, wenn sie in den Keller ging, die Wohnungstür offengelassen und die Katze immer auf der Schwelle vorgefunden. Sie wäre vermutlich gegen jedermann zum Angriff übergegangen, der versucht hätte, die Wohnung zu betreten.

Daß Winnie vor Menschen nicht die geringste Furcht empfand, war fraglos auch unserer »Erziehung« zuzuschreiben. Wir hatten sie in ihrer »Selbstverwirklichung« bestärkt, hatten ihr immer wieder versichert, wie wichtig sie war. Vermutlich fühlte sie sich längst gleichberechtigt, zumindest erweckte ihr Gehabe diesen Eindruck. Denn sobald sich einer von uns in ihren Augen »falsch« verhielt, gab sie uns das höchst wirkungsvoll zu verstehen.

So wurde meiner Mutter verboten, mit den Katzen der H.s zu sprechen, die im eingezäunten Garten neben dem Hof spielten, von Winnie vom Balkon aus argwöhnisch beäugt. Mit Ausnahme von Igeln schien ihr kein Tier sympathisch zu sein – und bei Katzen war zusätzlich eine erkennbare Eifersucht im Spiel.

Kehrte nämlich meine Mutter von einer solchen »Fremdgängerei« zurück, lief Winnie erregt hin und her, zeterte, schlug mit dem Schwanz. Da ich stets auf ihrer Seite stand, bat ich meine Mutter, ihre Katzen-Gespräche einzustellen oder sie nur dann zu führen, wenn Winnie nicht auf dem Balkon war. Aber auch in den – seltenen – Kontroversen mit mir blieb sie Siegerin – unter Anwendung der entgegengesetzten Methode!

Sagte ich ihr beispielsweise energisch, daß sie meine Manuskripte im Schreibtisch lassen, sie nicht immer wieder herausräumen sollte, oder daß die Tasten der Schreibmaschine nicht besser würden, wenn sie sie ständig traktierte, strich sie mir um die Beine, schnurrte. Wurde ich lauter, setzte sie sich und sah zu mir hoch, als wolle sie sagen: »Schrei doch nicht so wegen solcher Lappalien.« Irgendwann ertappte ich mich dabei, daß ich auf den Moment wartete, in dem sie mich betrachten – und sich mit der rechten Pfote auf die Stirn tippen würde ...

Kam ich von einer Reportage nach Hause, auf der ich Kontakt zu Tieren gehabt hatte, beroch sie mich ausgiebig, ging rückwärts, verschwand – und ließ die Sonne ihrer Gnade erst geraume Zeit später wieder über mir leuchten.

Am liebsten war sie mit uns allein. Hatten wir Gäste, reagierte sie unterschiedlich. Angesichts mancher Besucher verschwand sie, bei anderen blieb sie, fauchte aber, wenn einer sie streicheln wollte, legte die Ohren zurück und hob die rechte Pfote. War der letzte gegangen, tobte sie mit hoch erhobenem Schwanz durch die Wohnung.

Ich suchte nach einer Erklärung für dieses Verhalten, weil ich nicht verstand, daß ein in engster Verbindung mit Menschen aufgewachsenes Tier, dem von Menschen niemals Böses zugefügt worden war, so abweisend werden konnte. Ein Tierpsychologe aber meinte: »Warum soll sie sich eigentlich für fremde Menschen interessieren? Eine glücklich verheiratete Frau hat doch auch kein Verlangen nach Liebhabern.« Diese Deutung mag zutreffen – aber wohl nur im Zusammenspiel mit bestimmten Wesenszügen; andernfalls müßte jede »glückliche« Katze wie Winnie reagieren . . .

Besonders ablehnend verhielt sie sich Leuten gegenüber, die ich aus beruflichen Gründen einladen mußte – und mit denen mich persönlich nichts verband. Katzen haben ein so feines Gespür, daß sich Empfindungen ihrer menschlichen Freunde auf sie übertragen – im Positiven wie im Negativen. Klingelte es beispielsweise an der Tür und Winnie lag auf meinem Bett, richtete sie sich auf, sah mich fragend an. Sagte ich dann: »Bleib liegen, es kann nichts Wichtiges sein«, streckte sie sich – meist – wieder aus. Stand ich auf, um den »Klingler« in Augenschein zu nehmen, kam sie – meist – mit.

Unsere innere Übereinstimmung wurde im Laufe der Zeit immer perfekter und wirkte sich insbesondere beim abendlichen Mottenfangen sehr effizient aus!

Als sie in unserer zweiten Hamburger Wohnung die erste Motte sah, tanzte sie auf den Hinterbeinen, schlug mit den Pfoten in die Luft, richtete sich an der Stehlampe auf, deren Glühbirne die Motte umschwirrte, und jammerte. Plötzlich aber ließ sie ab, kam zu mir – ich hatte sie von der Tür aus beobachtet –, zog mich an der Hose; ich folgte ihr zur Lampe, sie blickte hinauf, sah mich an, miaute. Ich holte ein Geschirrtuch, wedelte ihr die Motte zu, sie sprang, erwischte sie – und hatte damit ein Spiel erfunden, das in keiner Wohnung seinen Reiz verlor.

Sobald sie den ersten Falter erspähte, holte sie mich, ich holte ein Tuch, und die fröhliche Jagd begann. Im Laufe der Zeit betrieben wir sie so professionell, daß uns keine Motte entkam.

Schwirrte dagegen eine Fliege umher, ließ sich in Winnies Nähe oder auf ihrem Fell nieder, schüttelte sie sich, rührte aber keine Pfote, sie zu fangen, sondern »rief« nach mir. Also erledigte ich die lästige Angelegenheit per Fliegenklatsche – von einer zufriedenen Katze fachmännisch begutachtet.

Ihre Leidenschaft für Motten, ihre Aversion gegen Fliegen hatte ich bereits verinnerlicht.

Dankbar aber war ich dem Schicksal, daß sie mich nicht auch noch zur Mäusejagd abkommandierte. Ich schüttelte mich vor Mäusen! Doch als ich eines Abends im Geiste auf vier Pfoten einen Baum erkletterte, konnte ich mich nur noch mit der Einsicht trösten, daß es schlimmere Formen psychischer Abwege gab . . .

Im Frühjahr 1974 zogen wir wieder um, in eine kleine ruhige Straße. Anlaß war die Verlegung der Zeitung in einen Neubau am Stadtrand, den ich aufgrund mangelnder Verkehrsverbindungen und ohne Auto nur mit einem einstündigen Fußmarsch hätte erreichen können. Von der neuen Wohnung aus betrug der Weg zwanzig Minuten.

Winnie bekam drei Zimmer in der ersten Etage des dreistöckigen Hauses mit sechs Mietparteien. Umzugsroutiniert, hatte sie sich schon am Abend des ersten Tages eingelebt.

Als größte Attraktion erwies sich die an der Rückseite des Hauses eingebaute Loggia. Sie gab Winnie die Möglichkeit, von der Brüstung aus Vögel zu beobachten – und die zahlreichen Wildkaninchen, die sich auf der von Büschen abgeschlossenen Wiese tummelten. Wir ließen sie ohne Leine und oft auch unbeaufsichtigt draußen, weil wir sicher waren, daß sie nicht hinunterspringen würde, und wußten, daß sie sich bei einem Sturz kaum verletzen konnte. Tatsächlich ist weder der eine noch der andere Fall eingetreten.

In ihrem achten Lebensjahr, an einem Sonntag, kaute sie lustlos an ihrem Futter herum, wollte nicht spielen, verkroch sich ins Bett. Am Montagmorgen fuhr meine Mutter mit ihr zum Tierarzt, der sie aufgrund der jährlichen Impfungen gegen die Katzenseuche kannte; er stellte eine Magenschleimhautentzündung fest. Ihr die notwendigen Tropfen einzuflößen, war schwierig. Doch mit Hartnäckigkeit erreichten wir, daß sie schluckte. Um sie dafür zu belohnen, beschlossen wir, mit ihr aufs Land zu fahren.

Meine Mutter und ich waren nach der Rückkehr aus Kanada niemals mehr zusammen verreist. Sie blieb – nicht ungern – mit Winnie zu Hause; ich nutzte meinen Urlaub ausschließlich zur Erholung. Wir hätten ohnehin nicht gemeinsam wegfahren können, weil Winnie uns handfest klargemacht hatte, daß sie gegen jeden derartigen Plan ihr Veto einlegen würde. Schon der Versuch, sie nur einen Tag lang der Betreuung einer Freundin zu überlassen, war zu einem Desaster geworden.

Die Katze hatte der ihr keineswegs unbekannten Frau fauchend mit angelegten Ohren den Eintritt in die Wohnung verwehren wollen, hatte nach der streichelnden Hand geschlagen, den gefüllten Futternapf beseite gefegt, die gereinigte Toilette umgekippt . . .

Als wir abends nach Hause kamen, stürmte sie schwanzpeitschend auf uns zu und verpaßte uns eine Endlos-Tirade. Sie hatte keinen Bissen angerührt, keine Milch getrunken, der ausgekippte Sand war sauber. Ihre Empörung abzubauen, dauerte Stunden. Erst gegen Mitternacht schlenderte sie zu ihrem Futternapf.

Die Fahrt aufs Land verlief ohne Zwischenfälle. Außer uns befand sich nur ein jüngeres Ehepaar im Abteil, das Katzen mochte. Wir ließen Winnie aus dem Korb, ich hatte sie an der Leine, sie lief ein wenig herum, blickte aus dem Fenster, legte sich zwischen uns.

Unser Quartier waren zwei ebenerdige Zimmer in einem alten Bauernhaus, das einem pensionierten Postbeamten gehörte. Unmittelbar an den Garten grenzten große Weiden, die sich weit ins Land erstreckten. Den Hintergrund bildete eine Bergkette.

Während wir auspackten, stiefelte Winnie in den Garten, vertrat sich die Pfoten, wetzte ihre Krallen, untersuchte die Hecke – und stand unvermittelt einer Katze gegenüber, die hinter einem Busch aufgetaucht war. Beide starrten einander an; dann begann Winnie zu grollen, ihr Schwanz fegte über den Rasen; die andere zog sich zurück. Ich war verblüfft, daß Winnie auch hier konsequentes Revierverhalten praktizierte. In den drei Wochen, die wir urlaubten, vertrieb sie alle Katzen, die in die Nähe unserer Zimmer kamen.

»Sie ist eine richtige kleine Xanthippe«, sagte meine Mutter eines Morgens, nachdem Winnie eine schwarze Artgenossin per Flankenhieb aufgefordert hatte, ihr Glück anderswo zu suchen. Ich amüsierte mich über die Hartnäckigkeit, mit der sie jede von meiner Mutter gewünschte Katzenbekanntschaft verhinderte.

Auf unseren gemeinsamen Spaziergängen blieb sie häufig stehen, betrachtete Kühe und Kälber, schwoll zu doppelter Größe an, als ein Hund auf sie zulief, der prompt zurückschreckte, woraufhin sich ihr Fell glättete und sie ohne Erregung weiterwanderte.

Wenn wir mittags ins Dorf zum Essen gingen, ließen wir sie im Zimmer; nach unserer Rückkehr verschwand sie in den Garten, wohl, um zu kontrollieren, ob ihre Abschreckung noch funktionierte. Schlugen wir unter den Bäumen die Liegestühle auf, blieb sie bei uns. Der Garten war offenbar Reviergrenze. Was sich jenseits dieser Grenze tat, wurde zwar aufmerksam beobachtet, eingegriffen aber wurde nicht.

Auch in den Nächten hielt es sie nicht im Haus, und meist war es meine Mutter, die mit ihr hinausging. Sie nachts allein draußen zu lassen, schien uns zu gefährlich. Von den zahlreichen heftigen Gewittern erschreckte sie nur das erste: Sie verschwand unterm Bett. Beim zweiten blieb sie bei uns, ohne in Deckung zu gehen; bei den weiteren saß sie regungslos im Fenster.

Auf der Heimfahrt wirkte sie ein wenig deprimiert. Zu Hause war sie still, spielte kaum, ging öfter zu ihrer Leine, miaute. Nach drei Tagen aber nahm sie ihr gewohntes Leben mit seinen vielfältigen Beschäftigungen wieder auf.

1982 stand uns ein neuer Umzug bevor. Die Wohnung war uns zu teuer geworden, einige Hausbewohner hatten uns das Bleiben verleidet. Wir siedelten zu einem älteren Ehepaar in ein Zweifamilienhaus über. Winnie war zu diesem Zeitpunkt vierzehn Jahre alt.

Sie schlief nun täglich ein paar Stunden länger, sprang vorsichtiger, ging an die neue Umgebung mit weniger Neugier heran. Ihrer Schönheit jedoch und ihrer »geistigen« Beweglichkeit hatte das Alter keinen Abbruch getan. Besucher, die sie erstmals sahen, waren von ihrer Souveränität beeindruckt; man gestand ihr »Persönlichkeit« zu. Sie nahm Fremde gelassener hin, als lohne es nicht mehr, ihretwegen Aufwand zu treiben.

Manches Mal, am späten Abend, wenn wir, jeder in ein Buch vertieft, unter der Stehlampe im Wohnzimmer saßen, ließ sie sich ein Stückchen entfernt von uns nieder und sah uns lange abwechselnd in die Augen. Ich grübelte dann, wie einst bei Enemy, was in ihr vorgehen mochte. Erinnerte sie sich zurückliegender Szenen ihres Lebens? Vermißte sie Dinge, um die wir nicht wußten? Hätte sie sich – bei freier Wahl – für eine andere Art von Existenz entschieden? Fragen, auf die es keine Antwort geben konnte ...

Sie hätte nun wieder ein Haus durchstreifen, an der Leine in den Garten gehen können. Aber als ich ihr die Haustür öffnete, blickte sie auf die belebte Straße und drehte um. Auf der Treppe zwischen der oberen und der unteren Wohnung hingegen saß sie oft und erwartete die Rückkehr meiner Mutter vom Einkauf.

Häufiger als früher lag sie auf meinem Bett, das neben dem Schreibtisch steht, sah mir beim Arbeiten zu und sank bei anhaltendem Maschinengeklapper in Tiefschlaf. Wenn sie erwachte, streckte sie mir die rechte Pfote entgegen, wollte angesprochen, gestreichelt werden. Gegen 18 Uhr bedeutete sie mir, daß es an der Zeit sei, Schluß zu machen.

Sie blieb auch weiterhin von Krankheiten verschont, keine Altersbeschwerden stellten sich ein, sie wurde weder mißmutig, noch isolierte sie sich, was bei älteren Katzen häufiger vorkommen soll.

Zu Beginn ihres sechzehnten Lebensjahres diagnostizierte der Tierarzt bei einer Routine-

Untersuchung zwei faule Zähne, die gezogen werden müßten, »allerdings unter Narkose. Anders geht es nicht.« Er fügte hinzu, daß sie deshalb auch die Nacht nach der kleinen Operation in der Praxis verbringen müsse.

Das alles gefiel mir überhaupt nicht. Ich fürchtete Komplikationen aufgrund ihres Alters und gab sie nur schweren Herzens zur unumgänglichen Behandlung frei. Am Abend rief meine Mutter in der Praxis an. Der Eingriff war gut verlaufen – nur war die Katze schon vorher durcheinandergeraten: Wie mir der Tierarzt am nächsten Morgen erzählte, hatte sie nach meinem Weggang ihre gesamte Widerstandskraft mobilisiert, sich gegen jede Berührung gewehrt. Der Arzt gestand, er habe aufgeatmet, als die Wirkung der Narkose eingetreten war.

Ich zerfloß in Mitgefühl mit meiner strapazierten Katze, der anzusehen war, wie ihr das Ganze zugesetzt hatte: Sie lag mit gesträubtem Rückenfell im Käfig und sah durch mich hindurch; die wilden Laute, die sie ausstieß, hatte ich schon auf der Straße vernommen.

Der Tierarzt kommentierte die Situation mit dem Satz: »Winnie hat die Nase restlos voll.« Ich dachte zerknirscht: vor allem von mir. Ich hatte sie nicht nur einer Tortur ausgeliefert, sondern auch – was wahrscheinlich noch schlimmer war – in einer feindlichen Welt allein gelassen.

Auch auf der Heimfahrt im Taxi war sie nicht ansprechbar. Zu Hause verschwand sie – ohne meine Mutter zu beachten – unter der Couch, tagelang rührte sie kein Essen an, schleckte Wasser nur tröpfchenweise. Ich geriet in Panik, der Tierarzt erklärte ihr Verhalten für »völlig normal«.

Am Ende des siebenten Tages war der Alptraum vorbei. Sie begann zu essen, spielte, kam zu mir. Ich blühte auf. Sie hatte das schreckliche Erlebnis überwunden – und mir verziehen.

Jeder Mensch, der mit einem Tier in einer engen Gemeinschaft lebt, weiß zwar, daß er es – gemessen an der durchschnittlichen Länge eines Menschenlebens – schon nach kurzer Zeit verliert, selbst wenn es hochbetagt stirbt. Aber dieses Wissen wird verdrängt, meist bis zum Augenblick der unausweichlichen Wahrheit.

So ignorierte auch ich, daß Winnies Leben sich dem Ende zuneigte. Die ersten Anzeichen – Appetitlosigkeit und Apathie – waren unübersehbar geworden. Dennoch weigerte ich mich, mir vorzustellen, daß sie bald nicht mehr durch meine Tage schreiten würde – obwohl ich zum Tod ein natürliches Verhältnis habe.

Ich hatte schon in Kindertagen gelernt, ihn als eine Instanz zu begreifen, der jedes Lebewesen unterworfen war, hatte später immer wieder erfahren, daß alle Trauer allmählich in den festen Glauben überging, der oder die Verlorene existiere in einer anderen Dimension weiter, sei nur auf Zeit von mir getrennt . . .

Den Gedanken an Winnies Abschied hätten mir diese Erfahrungen erleichtern können – wenn ich ihn nicht beharrlich beiseite geschoben, mir nicht ständig eingeredet hätte, sie werde sich wieder erholen. Ich setzte auf den Tierarzt, der sie mit einem neuen Medikament behandelte, das anfangs alle ihre Lebensgeister weckte: Sie wurde wieder lebhaft, spielte, aß. Ich schöpfte aus dem Brunnen der Hoffnung.

Doch als der künstlich hervorgerufene Aufschwung nachließ, sie zu essen versuchte, aber keinen Bissen mehr bei sich behielt und schließlich nur noch Wasser trank, brach meine Zuversicht zusammen. Ich wußte, daß wir sie nun von einem irreparabel zur Quälerei gewordenen Leben befreien mußten, und daß diese Entscheidung nicht lange hinausgezögert werden durfte . . .

Am 12. April 1986, einem Samstag, erhob sie sich nicht mehr, verbrachte den ganzen Tag reglos auf ihrer grünen Decke. Gegen Abend erschien sie im Wohnzimmer, sprang mit sichtlicher Anstrengung auf die Couch, sah uns an . . . Ihren letzten Tag, die letzte Nacht lebte sie nur noch von unserer Nähe, unserem Zuspruch.

Am Montagmittag kam der Tierarzt. Sie lag auf meinem Bett, unsere Hände umfaßten sie, er spritzte ein Betäubungsmittel und gab ihr anschließend eine Injektion ins Herz. Sie war siebzehneinhalb Jahre alt geworden.

Wir betteten sie in ihre Spielkiste, ich setzte mich neben sie, strich über den schönen Kopf – und hatte das Gefühl, als sei ein Stück von mir gestorben ... Am nächsten Morgen wurde sie auf dem Grundstück von Freunden begraben; nach ein paar Tagen war aus dem Grab eine blaue Blume gewachsen.

Heute liegt eine elfenbeinfarbene Steinplatte in Form eines Buches, das ihren Namen trägt, auf dem schmalen Hügel – Gedenkstätte für eine kleine, geliebte Gefährtin, die den Regenbogen hinauf in jenes unbekannte Land davongezogen ist, in das auch wir früher oder später einziehen werden.

Bis dahin, Winnie.